KB201062

나와 나타샤와 흰 당나귀

초판 1쇄 발행 2019년 3월 8일
초판 2쇄 인쇄 2020년 12월 30일
초판 2쇄 발행 2021년 1월 8일

지 은 이 백   석
엮 은 이 백시나
디 자 인 김민성
펴 낸 이 백승대
펴 낸 곳 매직하우스

출판등록 2007년 9월 27일 제313-2007-000193
주   소 서울시 마포구 모래내로7길 38 605호(성산동, 서원빌딩)
전   화 02) 323-8921
팩   스 02) 323-8920
이 메 일 magicsina@naver.com
I S B N 978-89-93342-86-4

책값은 표지 뒤쪽에 있습니다.
파본은 본사와 구입하신 서점에서 교환해드립니다.

백석 시전집

나와 나타샤와 흰 당나귀

목차

제1부
외롭고 높고 쓸쓸한

제2부
우리들은 가난해도 서럽지 않다

제3부
산에 오면 산 소리 벌로 오면 벌 소리

제4부
자작나무

제5부
절간의 소 이야기

제6부
촌에서 온 아이

제7부
전 별

『집게네 네 형제』

부록

외롭고 높고 쓸쓸한

나는 이 세상에서 가난하고 외롭고 높고 쓸쓸하니

살어가도록 태어났다

그리고 이 세상을 살아가는데

내 가슴은 너무도 많이 뜨거운 것으로 호젓한 것으로

사랑으로 슬픔으로 가득찬다

나와 나타샤와 흰 당나귀

가난한 내가
아름다운 나타샤를 사랑해서
오늘밤은 푹푹 눈이 나린다

나타샤를 사랑은 하고
눈은 푹푹 날리고
나는 혼자 쓸쓸히 앉어 소주(燒酒)를 마신다
소주를 마시며 생각한다
나타샤와 나는
눈이 푹푹 쌓이는 밤 흰 당나귀 타고
산골로 가자 출출이 우는 깊은 산골로 가 마가리에 살자

눈은 푹푹 나리고
나는 나타샤를 생각하고
나타샤가 아니 올 리 없다
언제 벌써 내 속에 고조곤히 와 이야기한다
산골로 가는 것은 세상한테 지는 것이 아니다
세상 같은 건 더러워 버리는 것이다

눈은 푹푹 나리고

아름다운 나타샤는 나를 사랑하고

어데서 흰 당나귀도 오늘밤이 좋아서 응앙응앙 울을 것이다

마가리 : 오막살이.

고조곤히 : 고요히. 소리 없이.

※ 이 시는 백석이 함흥에서 교편을 잡고 있을 때 쓴 것이라고 한다. 나타샤는 전 대원
   각 주인 자야로 알려져 있다. 자야는 훗날 백석이 북한에 남아 있을 때 서울에서 운
   영하던 요정 대원각을 법정스님에게 시주해서 지금의 길상사가 되었다.

바다

바닷가에 왔드니
바다와 같이 당신이 생각만 나는구려
바다와 같이 당신을 사랑하고만 싶구려

구붓하고 모래톱을 오르면
당신이 앞선 것만 같구려
당신이 뒤선 것만 같구려

그리고 지중지중 물가를 거닐면
당신이 이야기를 하는 것만 같구려
당신이 이야기를 끊은 것만 같구려

바닷가는
개지꽃에 개지 아니 나오고
고기비늘에 하이얀 햇볕만 쇠리쇠리하야
어쩐지 쓸쓸만 하구려 섧기만 하구려

구붓하고 : 몸이 구부정한.

모래톱 : 넓은 모래벌판. 모래사장.

지중지중 : 곧장 나아가지 않고 아주 천천히 걸으면서 생각에 잠기는 모습을 나타내
　는 의태어.

개지꽃 : 나팔꽃.

쇠리쇠리하야 : 눈이 부셔. 눈이 시려.

내가 이렇게 외면하고

　내가 이렇게 외면하고 거리를 걸어가는 것은 잠풍 날씨가
너무나 좋은 탓이고
　가난한 동무가 새 구두를 신고 지나간 탓이고 언제나 꼭
같은 넥타이를 매고 고은 사람을 사랑하는 탓이다

　내가 이렇게 외면하고 거리를 걸어가는 것은 또 내 많지
못한 월급이 얼마나 고마운 탓이고
　이렇게 젊은 나이로 코밑수염도 길러보는 탓이고 그리고
어느 가난한 집 부엌으로 달재 생선을 진장에 꼿꼿이 지진
것은 맛도 있다는 말이 자꾸 들려오는 탓이다

잠풍 : 잔잔하게 부는 바람.
달재 : 달쩌. 달강어(達江魚). 쑥지과에 속하는 바닷물고기. 몸길이 30cm 가량으로 가
　늘고 길며, 머리가 모나고 가시가 많음.
진장(陳醬) : 진간장. 오래 묵어서 진하게 된 간장.

수라(修羅)

거미새끼 하나 방바닥에 나린 것을 나는 아무 생각 없이
문밖으로 쓸어버린다
　차디찬 밤이다

언제인가 새끼거미 쓸려나간 곳에 큰거미가 왔다
나는 가슴이 짜릿한다
나는 또 큰거미를 쓸어 문밖으로 버리며
찬 밖이라도 새끼 있는 데로 가라고 하며 서러워한다

이렇게 해서 아린 가슴이 싹기도 전이다
어데서 좁쌀알만한 알에서 가제 깨인 듯한 발이 채 서지
도 못한 무척 작은 새끼거미가 이번엔 큰거미 없어진 곳으
로 와서 아물거린다
　나는 가슴이 메이는 듯하다
　내 손에 오르기라도 하라고 나는 손을 내어미나 분명히
울고불고 할 이 작은 것은 나를 무서우이 달어나버리며 나
를 서럽게 한다
　나는 이 작은 것을 고히 보드러운 종이에 받어 또 문밖으
로 버리며

이것의 엄마와 누나나 형이 가까이 이것의 걱정을 하며
있다가 쉬이 만나기나 했으면 좋으련만 하고 슬퍼한다

수라(修羅) : 싸움을 일삼는 귀신.
싹기도 : 흥분이 가라앉기도.
가제 : 방금. 막.

흰 바람벽이 있어

오늘 저녁 이 좁다란 방의 흰 바람벽에

어쩐지 쓸쓸한 것만이 오고 간다

이 흰 바람벽에

희미한 십오촉(十五燭) 전등이 지치운 불빛을 내어던지고

때글은 다 낡은 무명샷쯔가 어두운 그림자를 쉬이고

그리고 또 달디단 따끈한 감주나 한잔 먹고 싶다고 생각

하는 내 가지가지 외로운 생각이 헤매인다

그런데 이것은 또 어인 일인가

이 흰 바람벽에

내 가난한 늙은 어머니가 있다

내 가난한 늙은 어머니가

이렇게 시퍼러둥둥하니 추운 날인데 차디찬 물에 손은 담

그고 무이며 배추를 씻고 있다

또 내 사랑하는 사람이 있다

내 사랑하는 어여쁜 사람이

어느 먼 앞대 조용한 개포가의 나즈막한 집에서

그의 지아비와 마주 앉어 대구국을 끓여놓고 저녁을 먹는다

벌써 어린 것도 생겨서 옆에 끼고 저녁을 먹는다

그런데 또 이즈막하야 어느 사이엔가

이 흰 바람벽엔

내 쓸쓸한 얼굴을 쳐다보며

이러한 글자들이 지나간다

- 나는 이 세상에서 가난하고 외롭고 높고 쓸쓸하니 살어

  가도록 태어났다

  그리고 이 세상을 살아가는데

  내 가슴은 너무도 많이 뜨거운 것으로 호젓한 것으로

  사랑으로 슬픔으로 가득찬다

그리고 이번에는 나를 위로하는 듯이 나를 울력하는 듯이

눈질을 하며 주먹질을 하며 이런 글자들이 지나간다

- 하늘이 이 세상을 내일 적에 그가 가장 귀해하고 사랑

  하는 것들은 모두

  가난하고 외롭고 높고 쓸쓸하니 그리고 언제나 넘치는

  사랑과 슬픔 속에 살도록 만드신 것이다

  초생달과 바구지꽃과 짝새와 당나귀가 그러하듯이

  그리고 또 '프랑시쓰 쨈'과 '도연명(陶淵明)'과 '라이넬

  마리아 릴케'가 그러하듯이

바람벽 : 집안의 안벽.

때글은 : 오래도록 땀과 때에 절은.

쉬이고 : 잠시 머무르게 하고, 쉬게 하고.

앞대 : 평안도를 벗어난 남쪽지방. 멀리 해변가.

개포 : 강이나 내에 바닷물이 드나드는 곳.

이즈막하야 : 시간이 그리 많이 흐르지 않은. 이슥한 시간이 되어서.

여승(女僧)

여승(女僧)은 합장(合掌)하고 절을 했다
가지취의 내음새가 났다
쓸쓸한 낯이 옛날같이 늙었다
나는 불경(佛經)처럼 서러워졌다

평안도(平安道)의 어느 산 깊은 금덤판
나는 파리한 여인에게서 옥수수를 샀다
여인(女人)은 나어린 딸아이를 따리며 가을밤같이 차게
울었다

섶벌같이 나아간 지아비 기다려 십년(十年)이 갔다
지아비는 돌아오지 않고
어린 딸은 도라지꽃이 좋아 돌무덤으로 갔다

산(山)꿩도 섧게 울은 슬픈 날이 있었다
산(山) 절의 마당귀에 여인의 머리오리가 눈물방울과 같
이 떨어진 날이 있었다

가지취 : 참치나물.

금덤판 : 금을 캐거나 파는 산골의 장소 또는 그곳에서 간이 식료품 등 잡품을 파는 곳.

섶벌 : 울타리 옆에 놓아 치는 벌통에서 꿀을 따 모으려고 분주히 드나드는 재래종 꿀벌.

남신의주(南新義州)유동(柳洞)박시봉방(朴時逢方)

어느 사이에 나는 아내도 없고, 또,

아내와 같이 살던 집도 없어지고,

그리고 살뜰한 부모며 동생들과도 멀리 떨어져서,

그 어느 바람 세인 쓸쓸한 거리 끝에 헤매이었다.

바로 날도 저물어서

바람은 더욱 세게 불고, 추위는 점점 더해 오는데,

나는 어느 목수(木手)네 집 헌 샅을 깐,

한 방에 들어서 쥔을 붙이었다.

이리하여 나는 이 습내 나는 춥고, 누긋한 방에서,

낮이나 밤이나 나는 나 혼자도 너무 많은 것 같이 생각하며,

딜옹배기에 북덕불이라도 담겨 오면,

이것을 안고 손을 쬐며 재 위에 뜻 없이 글자를 쓰기도 하며,

또 문 밖에 나가지두 않고 자리에 누워서,

머리에 손깍지베개를 하고 굴기도 하면서,

나는 내 슬픔이며 어리석음이며를 소처럼 연하여 쌔김질 하는 것이었다.

내 가슴이 꽉 메어 올 적이며,

내 눈에 뜨거운 것이 핑 괴일 적이며,

또 내 스스로 화끈 낯이 붉도록 부끄러울 적이며,

나는 내 슬픔과 어리석음에 눌리어 죽을 수밖에 없는 것을 느끼는 것이었다.

그러나 잠시 뒤에 나는 고개를 들어,

허연 문창을 바라보든가 또 눈을 떠서 높은 천정을 쳐다보는 것인데,

이 때 나는 내 뜻이며 힘으로, 나를 이끌어 가는 것이 힘든 일인 것을 생각하고,

이것들보다 더 크고, 높은 것이 있어서, 나를 마음대로 굴려 가는 것을 생각하는 것인데,

이렇게 하여 여러 날이 지나는 동안에,

내 어지러운 마음에는 슬픔이며, 한탄이며, 가라앉을 것은 차츰 앙금이 되어 가라앉고,

외로운 생각만이 드는 때쯤 해서는,

더러 나줏손에 쌀랑쌀랑 싸락눈이 와서 문창을 치기도 하는 때도 있는데,

나는 이런 저녁에는 화로를 더욱 다가 끼며, 무릎을 꿇어 보며,

어니 먼 산 뒷옆에 바우섶에 따로 외로이 서서

어두어 오는데 하이야니 눈을 맞을, 그 마른 잎새에는

쌀랑쌀랑 소리도 나며 눈을 맞을,

　그 드물다는 굳고 정한 갈매나무라는 나무를 생각하는 것
이었다.

삿 : 갈대를 엮어서 만든 자리.

쥔 : 주인.

딜옹배기 : 아주 작은 자배기.

북덕불 : 짚북더기를 태운 불.

나줏손 : 저녁 무렵.

바우섶 : 바위 옆.

갈매나무 : 키가 2m쯤 자라는 낙엽 활엽 교목.

모닥불

새끼오리도 헌신짝도 소똥도 갓신창도 개니빠디도 너울
쪽도 짚검불도 가락잎도 머리카락도 헝겊 조각도 막대꼬치
도 기왓장도 닭의 깃도 개터럭도 타는 모닥불

재당도 초시도 문장(門長) 늙은이도 더부살이 아이도 새
사위도 갓사둔도 나그네도 주인도 할아버지도 손자도 붓장
사도 땜쟁이도 큰개도 강아지도 모두 모닥불을 쪼인다

모닥불은 어려서 우리 할아버지가 어미아비 없는 서러운
아이로 불상하니도 몽둥발이가 된 슬픈 역사가 있다

갓신창 : 부서진 갓에서 나온, 말총으로 된 질긴 끈의 한 종류.
개니빠디 : 개의 이빨.
재당 : 서당의 주인. 또는 향촌의 최고 어른.
초시 : 초시에 합격한 사람으로 늙은 양반을 이르는 말.
갓사둔 : 새사돈.
붓장사 : 붓을 파는 장사꾼.
몽둥발이 : 손발이 불에 타버려 몸뚱아리만 남은 상태의 물건.

여우난골

박을 삶는 집
할아버지와 손자가 오른 지붕 위에 한울빛이 진초록이다
우물의 물이 쓸 것만 같다

마을에서는 삼굿을 하는 날
건넌마을서 사람이 물에 빠져 죽었다는 소문이 왔다

노란 싸릿잎이 한불 깔린 토방에 햇츩방석을 깔고
나는 호박떡을 맛있게도 먹었다

어치라는 산새는 벌배 먹어 고흡다는 골에서 돌배 먹고
앓던 배를 아이들은 열배 먹고 나었다고 하였다

삼굿 : 삼(大麻)을 벗기기 위하여 구덩이에 쪄내는 일. 구덩이를 파고 그 바닥에 솥을 걸기도 하지만, 솥 대신 돌무더기를 달군 다음 그 위에 풀을 한 겹 깔고 삼단을 세우고 위에서 물을 부어 넣어, 그 뜨거운 증기로 삼 껍질을 익히게 함.

한불 : 상당히 많은 것들이 한 표면을 덮고 있는 상태.

토방 : 마루를 놓을 수 있는 처마 밑의 땅.

햇칡방석 : 햇칡방석. 그 해에 새로 나온 칡덩굴을 엮어 만든 방석.

어치 : 까마귀과의 새. 몸길이 34cm. 비둘기보다 조금 작으며 몸은 포도색, 머리털은 적갈색임. 목소리가 고우며 다른 새들의 흉내를 잘 냄.

벌배 : 산과 들에서 저절로 나는 야생배.

열배 : 아직 채 익지 아니한 풋배.

여우난골족(族)

명절날 나는 엄매 아배 따라 우리집 개는 나를 따라 진할머니 진할아버지가 있는 큰집으로 가면

얼굴에 별자국이 솜솜 난 말수와 같이 눈도 껌벅거리는 하루에 베 한 필을 짠다는 벌 하나 건너 집엔 복숭아나무가 많은 신리(新里) 고무 고무의 딸 이녀(李女) 작은 이녀(李女)

열여섯에 사십(四十)이 넘은 홀아비의 후처가 된 포족족하니 성이 잘 나는 살빛이 매감탕 같은 입술과 젖꼭지는 더 까만 예수쟁이 마을 가까이 사는 토산(土山) 고무 고무의 딸 승녀(承女) 아들 승(承)동이

육십리(六十里)라고 해서 파랗게 뵈이는 산을 넘어 있다는 해변에서 과부가 된 코끝이 빨간 언제나 흰옷이 정하든 말 끝에 섧게 눈물을 짤 때가 많은 큰골 고무 고무의 딸 홍녀(洪女) 아들 홍(洪)동이 작은 홍(洪)동이

배나무접을 잘 하는 주정을 하면 토방돌을 뽑는 오리치를 잘 놓는 면섬에 반디젓 담그러 가기를 좋아하는 삼춘 엄매 사춘 누이 사춘 동생들

이 그득히들 할머니 할아버지가 있는 안간에들 모여서 방

안에서는 새옷의 내음새가 나고

또 인절미 송구떡 콩가루차떡의 내음새도 나고 끼때의 두부와 콩나물과 뽂운 잔디와 고사리와 도야지 비계는 모두 선득선득하니 찬 것들이다

저녁술을 놓은 아이들은 외양간섶 밭마당에 달린 배나무 동산에서 쥐잡이를 하고 숨굴막질을 하고 꼬리잡기를 하고 가마 타고 시집가는 놀음 말 타고 장가 가는 놀음을 하고 이렇게 밤이 어둡도록 북적하니 논다

밤이 깊어가는 집안엔 엄매는 엄매들끼리 아룻간에서 들 웃고 이야기하고 아이들은 아이들끼리 웃간 한 방을 잡고 조아질하고 쌈방이 굴리고 바리깨돌림하고 호박떼기하고 제비손이 구손이하고 이렇게 화디의 사기방등에 심지를 몇 번이나 돋구고 홍게닭이 몇 번이나 울어서 졸음이 오면 아룻목싸움 자리싸움을 하며 히드득거리다 잠이 든다 그래서는 문창에 텅납새의 그림자가 치는 아침 시누이 동세들이 옥적하니 흥성거리는 부엌으론 샛문틈으로 장지문틈으로 무이징게국을 끓이는 맛있는 내음새가 올라오도록 잔다

벌 : 매우 넓고 평평한 땅.

고무 : 고모. 아버지의 누이.

매감탕 : 엿을 고아낸 솥을 가셔낸 물. 혹은 메주를 쑤어낸 솥에 남아 있는 진한 갈색
의 물.

토방돌 : 집채의 낙수 고랑 안쪽으로 돌려가며 놓은 돌. 섬돌.

오리치 : 평북지방의 토속적인 사냥용구로 동그란 갈고리 모양으로 된 야생오리를 잡
는 도구.

안간 : 안방.

저녁술 : 저녁밥. 저녁숟갈.

숨굴막질 : 숨바꼭질.

아룻간 : 아랫방.

조아질 : 부질없이 이것저것 집적거리며 해찰을 부리는 일. 평안도에서는 아이들의
공기놀이를 이렇게 부르기도 함

쌈방이 : 주사위.

바리깨돌림 : 주발 뚜껑을 돌리며 노는 아동들의 유희.

호박떼기 : 아이들의 놀이

제비손이구손이 : 다리를 마주끼고 손으로 다리를 차례로 세며,'한알 때 두알 때 상사
네 네비 오드득 뿌드득 제비손이 구이손이 종제비 빠땅'이라 부르는 유희.

화디 : 등경(燈檠). 등경걸이. 나무나 놋쇠 같은 것으로 촛대 비슷하게 만든 등잔을 얹
어놓는 기구.

사기방등 : 흙으로 빚어서 구운 방에서 켜는 등.

홍게닭 : 새벽닭.

텅납새 : 처마의 안 쪽 지붕이 도리에 얹힌 부분.

동세 : 동서(同婿).

무이징게국 : 징거미(민물새우)에 무를 숭덩숭덩 썰어 넣고 끓인 국.

가즈랑집

승냥이가 새끼를 치는 전에는 쇠메 든 도적이 났다는 가
즈랑고개

가즈랑집은 고개 밑의
산 너머 마을서 도야지를 잃는 밤 짐승을 쫓는 깽제미 소
리가 무서웁게 들려오는 집
닭 개 짐승을 못 놓는
멧도야지와 이웃사춘을 지나는 집

예순이 넘은 아들 없는 가즈랑집 할머니는 중같이 정해서
할머니가 마을을 가면 긴 담뱃대에 독하다는 막써레기를 몇
대라도 붙이라고 하며

간밤엔 섬돌 아래 승냥이가 왔었다는 이야기
어느메 산골에선간 곰이 아이를 본다는 이야기

나는 돌나물김치에 백설기를 먹으며
옛말의 구신집에 있는 듯이
가즈랑집 할머니

내가 날 때 죽은 누이도 날 때

무명필에 이름을 써서 백지 달아서 구신간시렁의 당즈깨
에 넣어 대감님께 수영을 들였다는 가즈랑집 할머니

언제나 병을 앓을 때면

신장님 단련이라고 하는 가즈랑집 할머니

구신의 딸이라고 생각하면 슬퍼졌다

토끼도 살이 오른다는 때 아르대즘퍼리에서 제비꼬리 마
타리 쇠조지 가지취 고비 고사리 두릅순 회순 산나물을 하
는 가즈랑집 할머니를 따르며

나는 벌써 달디단 물구지우림 둥굴레우림을 생각하고

아직 멀은 도토리묵 도토리범벅까지도 그리워한다

뒤울안 살구나무 아래서 광살구를 찾다가

살구벼락을 맞고 울다가 웃는 나를 보고

밑구멍에 털이 몇 자나 났나 보자고 한 것은 가즈랑집 할
머니다

찰복숭아를 먹다가 씨를 삼키고는 죽는 것만 같아 하루종
일 놀지도 못하고 밥도 안 먹은 것도

가즈랑집에 마을을 가서

당세 먹은 강아지같이 좋아라고 집오래를 설레다가였다

가즈랑집 : '가즈랑'은 고개 이름. '가즈랑집'은 할머니의 택호를 뜻함.

쇠메 : 쇠로된 메, 묵직한 쇠토막에 구멍을 뚫고 자루를 박음.

깽제미 : 꽹과리.

막써레기 : 거칠게 썬 엽연초.

섬돌 : 토방돌.

구신집 : 귀신이 있는 집. 무당집.

구신간시렁 : 걸립(乞粒)귀신을 모셔놓은 시렁. 집집마다 대청 도리 위 한 구석에 조
　그마한 널빤지로 선반을 매고 위하였음.

당즈깨 : 뚜껑이 있는 바구니로 '당세기'라고도 함.

수영 : 수양(收養). 데려다 기른 딸이나 아들.

신장님 단련 : 귀신에게 받는다는 시달림.

아르대즘퍼리 : '아래쪽에 있는 진창으로 된 펄'이라는 평안도식 지명.

제비꼬리 : 식용 산나물의 한 가지.

마타리 : 마타리과의 다년초. 어린잎은 식용으로 쓰임.

쇠조지 : 식용 산나물의 한 가지.

가지취 : 참치나물. 산나물의 한 가지.

고비 : 식용 산나물의 한 종류.

물구지우림 : 물구지(무릇)의 알뿌리를 물에 담가 쓴맛을 우려낸 것.

둥굴레우림 : 둥굴레풀의 뿌리를 물에 담가 쓴맛을 우려낸 것을 계속해서 삶은 것.

광살구 : 너무 익어 저절로 떨어지게 된 살구

당세 : 당수. 곡식가루에 술을 쳐서 미음처럼 쑨 음식.

집오래 : 집의 울 안팎.

외갓집

내가 언제나 무서운 외갓집은

초저녁이면 안팎마당이 그득하니 하이얀 나비수염을 물은 보득지근한 복족재비들이 씨굴씨굴 모여서는 쨍쨍쨍쨍 쇳스럽게 울어대고

밤이면 무엇이 기와골에 무리돌을 던지고 뒤우란 배나무에 쩨듯하니 줄등을 헤여달고 부뚜막의 큰솥 적은솥을 모조리 뽑아놓고 재통에 간 사람의 목덜미를 그냥그냥 나려 눌러선 갯다리 아래로 처박고

그리고 새벽녘이면 고방 시렁에 채국채국 얹어둔 모랭이 목판 시루며 함지가 땅바닥에 넘너른히 널리는 집이다

씨굴씨굴 : 수두룩하게 많이 들끓어 시끄럽고 수선스런 모양.

쇳스럽게 : 카랑카랑하게.

기왓골 : 기와집 지붕 위의 숫기와와 숫기와 사이.

무리돌 : 많은 돌. 길바닥에 널린 잔돌.

뒤우란 : 뒷마당 울타리 안쪽 .

쩨듯하니 : 환하게.

재통 : 측간. 변소.

갯다리 : 재래식 변소에 걸쳐놓은 두 개의 나무.

시렁 : 물건을 얹어 두기 위하여 방이나 마루의 벽에 건너질러 놓은 두 개의 시렁 가래.

모랭이 : 함지 모양의 작은 목기.

넘너른히 : 이리저리 제각기 흩어서 널브려뜨려 놓은 모습.

고야(古夜)

　아배는 타관 가서 오지 않고 산비탈 외따른 집에 엄매와 나와 단둘이서 누가 죽이는 듯이 무서운 밤 집 뒤로는 어느 산골짜기에서 소를 잡어먹는 노나리꾼들이 도적놈들같이 쿵쿵 거리며 다닌다

　날기명석을 져간다는 닭보는 할미를 차 굴린다는 땅 아래 고래 같은 기와집에는 언제나 니차떡에 청밀에 은금보화가 그득하다는 외발 가진 조마구 뒷산 어느메도 조마구네 나라가 있어서 오줌 누러 깨는 재밤 머리맡의 문살에 대인 유리창으로 조마구 군병의 새까만 대가리 새까만 눈알이 들여다보는 때 나는 이불 속에 자즈러붙어 숨도 쉬지 못한다

　또 이러한 밤 같은 때 시집갈 처녀 막내 고무가 고개 너머 큰집으로 치장감을 가지고 와서 엄매와 둘이 소기름에 쌍심지의 불을 밝히고 밤이 들도록 바느질을 하는 밤 같은 때 나는 아릇목의 삿귀를 들고 쇠든 밤을 내여 다람쥐처럼 밝어 먹고 은행여름을 인두불에 구어도 먹고 그러다는 이불 위에서 광대넘이를 뒤이고 또 누어 굴면서 엄매에게 웃목에 두른 평풍의 새빨간 천두의 이야기를 듣기도 하고 고무더러는

밝은 날 멀리는 못 난다는 뫼추라기를 잡어달라고 조르기도
하고

내일같이 명절날인 밤은 부엌에 째듯하니 불이 밝고 솥뚜
껑이 놀으며 구수한 내음새 곰국이 무르끓고 방안에서는 일
가집 할머니가 와서 마을의 소문을 펴며 조개송편에 달송편
에 죈두기송편에 떡을 빚는 곁에서 나는 밤소 팥소 설탕 든
콩가루소를 먹으며 설탕 든 콩가루소가 가장 맛있다고 생각
한다
나는 얼마나 반죽을 주무르며 흰가루손이 되어 떡을 빚고
싶은지 모른다

섣달에 냅일날이 들어서 냅일날 밤에 눈이 오면 이 밤엔
쌔하얀 할미귀신의 눈귀신도 냅일눈을 받노라 못 난다는 말
을 든든히 여기며 엄매와 나는 앙궁 위에 떡돌 위에 곱새담
위에 함지에 버치며 대냥푼을 놓고 치성이나 드리듯이 정한
마음으로 냅일눈 약눈을 받는다 이 눈세기 물을 냅일물이라
고 제주병에 진상항아리에 채워두고는 해를 묵여가며 고뿔
이 와도 배앓이를 해도 갑피기를 앓어도 먹을 물이다

노나리꾼 : 농한기나 그밖에 한가할 때 소나 돼지를 잡아 내장은 즉석에서 술안주로 하는 밀도살꾼.

날기멍석을 겨간다는 : 멍석에 널어말리는 곡식을 멍석 채 훔쳐간다는.

니차떡 : 이차떡. 인절미를 말함.

청밀 : 꿀.

조마구 : 옛 설화 속에 나오는 키가 매우 작다는 난장이.

재밤 : 깊은 밤.

자즈러붙어 : 자지러붙어. 몹시 놀라 몸을 움츠리며 어떤 물체에 몸을 숨기는 것.

치장감 : 혼삿날 쓰이는 옷감.

삿귀 : 갈대를 엮어서 만든 자리의 가장자리.

쇠든 밤 : 말라서 새들새들해진 밤.

여름 : 열매.

인두불 : 인두를 달구려고 피워 놓은 화롯불.

광대넘이 : 앞으로 온몸을 굴리며 노는 유희.

천두 : 천도 복숭아.

쩨듯하니 : 환하게.

놀으며 : 높은 압력에 솥뚜껑이 들썩들썩하는.

무르끓고 : 끓을 대로 푹 끓고.

쥔두기송편 : 진드기 모양처럼 작고 동그랗게 빚은 송편.

냅일날 : 납일(臘日). 한 해 동안 지은 농사 형편과 그밖의 일을 여러 신에게 고하며 제사 지내는 날. 동지 뒤의 셋째 술일(戌日). 태조 이후에는 셋째 미일(未日)로 하였음.

냅일눈 : 납일에 때 맞추어 내리는 눈.

앙궁 : 아궁이.

곱새담 : 풀, 짚으로 엮어서 만든 담.

버치 : 자배기보다 조금 깊고 크게 만든 그릇.

대양푼 : 큰양푼.

눈세기물 : 눈이 섞인 물.

제주병 : 제사에 쓰이는 술병.

진상항아리 : 허름하고 보잘 것 없는 항아리.

고뿔 : 감기.

갑피기 : 이질 증세로 곱똥이 나오는 배앓이 병.

넘언집 범 같은 노큰마니

황토 마루 수무나무에 얼럭궁 덜럭궁 색동헝겊 뜯개조박
뙤짜배기 걸리고 오쟁이 끼애리 달리고 소삼은 엄신 같은
딥세기도 열린 국수당고개를 몇 번이고 튀튀 춤을 뱉고 넘
어가면 골안에 아늑히 묵은 영동이 무겁기도 할 집이 한 채
안기었는데

집에는 언제나 셴개 같은 게사니가 벅작궁 고아내고 말
같은 개들이 떠들썩 짖어대고 그리고 소거름 내음새 구수한
속에 엇송아지 히물쩍 너들씨는데

집에는 아배에 삼춘에 오마니에 오마니가 있어서 젖먹이
를 마을 청능 그늘 밑에 삿갓을 씌워 한종일내 뉘어두고 김
을 매려 다녔고 아이들이 큰마누래에 작은마누래에 제구실
을 할 때면 종아지물본도 모르고 행길에 아이 송장이 거적
때기에 말려나가면 속으로 얼마나 부러워 하였고 그리고 끼
때에는 붓두막에 바가지를 아이덜 수대로 주룬히 늘어놓고
밥 한덩이 질게 한술 들여틀여서는 먹였다는 소리를 언제나
두고두고 하는데

일가들이 모두 범같이 무서워하는 이 노큰마니는 구덕살이같이 욱실욱실하는 손자 증손자를 방구석에 들매나무 회채리를 단으로 쪄다 두고 때리고 싸리갱이에 갓신창을 매여 놓고 때리는데

내가 엄매등에 업혀가서 상사말같이 항약에 야기를 쓰면 한창 피는 함박꽃을 밑가지채 꺾어주고 종대에 달린 제물배도 가지채 쪄주고 그리고 그 애끼는 게사니 알도 두 손에 쥐어주곤 하는데

우리 엄매가 나를 가지는 때 이 노큰마니는 어느 밤 크나큰 범이 한 마리 우리 선산으로 들어오는 꿈을 꾼 것을 우리 엄매가 서울서 시집을 온 것을 그리고 무엇보다도 내가 이 노큰마니의 당조카의 맏손자로 난것을 다견하니 알뜰하니 기꺼히 여기는 것이었다

넘언집 : 산 너머, 고개 너머의 집을 의미.

수무나무에 : 느릅나무과에 속하는 낙엽 활엽 교목. 산기슭 양지 및 개울가에 남.

뜯개조박 : 뜯어진 헝겊조각.

뵈짜배기 : 베조가리. 천조각.

오쟁이 : 짚으로 작게 엮어 만든 섬.

끼애리 : 짚으로 길게 묶어 동인 것. 꾸러미.

소삼은 : 소(疏)삼은. 성글게 엮거나 짠.

엄신 : 엄짚신. 상제가 초상 때부터 졸곡(卒哭) 때까지 신는 짚신.

딥세기 : 짚신.

국수당 : 마을의 본향 당신(부락 수호신)을 모신 집. 서낭당.

영동(楹棟) : 기둥과 서까래.

셴개 : 털빛이 흰 개.

게사니 : 거위.

벅작궁 : 법석대는 모양.

고아내고 : 떠들어대고.

너들씨는데 : 한가하게 천천히 왔다갔다하며 아무 목적없이 주위를 맴도는 것을 나타
냄.

청능 : 마을 입구의 그늘진 곳 또는 야산 끄트머리 그늘진 곳.

큰마누래 : 큰마마. 손님마마. 천연두.

작은마누래 : 작은마마. 수두(手痘) 또는 홍역.

종아지물본 : 종아지는 홍역을 일으키는 귀신이고, 물본(物本)은 근본 이치, 까닭이
    므로 '홍역으로 죽어 나가는 까닭도 모르고'로 해석하여야 함.

주룬히 : 주렁주렁. 어떤 물건이 줄지어 즐비하게.

질게 : 반찬.

구덕살이 : 구덕이.

욱실욱실 : 득시글득시글. 많은 사람이 떼를 지어 들끓는 모습.

들매나무 : 산딸나무. 층층나무과에 속하는 낙엽 활엽 교목. 정원수로 심고 열매는 식
    용으로 쓰임.

갓신창 : 옛날의 소가죽으로 만든 신의 밑창.

상사말 : 야생마. 거친 말.

향약 : 악을 쓰며 대드는 것.

야기 : 어린아이들이 억지를 쓰고 마구 떼쓰는 짓.

종대 : 꽃이나 나무의 한가운데서 올라오는 줄기.

제물배 : 제물(祭物)로 쓰는 배.

게사니 : 거위.

당조카 : 장조카. 큰조카.

통영(統營) 1

　옛날엔 통제사(統制使)가 있었다는 낡은 항구(港口)의 처녀들에겐 옛날이 가지 않은 천희(千姬)라는 이름이 많다

　미역오리 같이 말라서 굴껍질처럼 말없이 사랑하다 죽는다는

　이 천희(千姬)의 하나를 나는 어느 오랜 객주(客主) 집의 생선 가시가 있는 마루방에서 만났다.

　저문 유월(六月)의 바닷가에선 조개도 울 저녁 소라방등이 붉으레한 마당에 김냄새 나는 비가 나렸다

천희 : 바닷가에서 시집 안 간 여자를 '천희'라고 하였음. 또한 천희(千姬)는 남자를
　잡아먹는(죽게 만드는) 여자라는 속뜻도 있다.
미역오리 : 미역줄기.
소라방등 : 소라의 껍질로 만들어 방에서 켜는 등잔.

통영(統營) 2

구마산(舊馬山)의 선창에선 좋아하는 사람이 울며 나리는
배에 올라서 오는 물길이 반날
  갓 나는 고당은 가깝기도 하다

  바람맛도 짭짤한 물맛도 짭짤한

  전복에 해삼에 도미 가재미의 생선이 좋고
  파래에 아개미에 호루기의 젓갈이 좋고

  새벽녘의 거리엔 쾅쾅 북이 울고
  밤새껏 바다에선 뿡뿡 배가 울고

  자다가도 일어나 바다로 가고 싶은 곳이다

  집집이 아이만한 피도 안 간 대구를 말리는 곳
  황화장사 영감이 일본말을 잘도 하는 곳
  처녀들은 모두 어장주(漁場主)한테 시집을 가고 싶어
한다는 곳

산 너머로 가는 길 돌각담에 갸웃하는 처녀는 금(錦)이라는 이 같고 내가 들은 마산(馬山) 객주(客主)집의 어린 딸은 난(蘭)이라는 이 같고

난(蘭)이라는 이는 명정(明井)골에 산다든데
명정(明井)골은 산을 넘어 동백(冬栢)나무 푸르른 감로(甘露) 같은 물이 솟는 명정(明井) 샘이 있는 마을인데
샘터엔 오구작작 물을 긷는 처녀며 새악시들 가운데 내가 좋아하는 그이가 있을 것만 같고
내가 좋아하는 그이는 푸른 가지 붉게붉게 동백꽃 피는 철엔 타관 시집을 갈 것만 같은데
긴 토시 끼고 큰머리 얹고 오불고불 넘엣거리로 가는 여인은 평안도(平安道)서 오신 듯한데 동백(冬栢)꽃 피는 철이 그 언제요

옛 장수 모신 낡은 사당의 돌층계에 주저앉아서 나는 이 저녁 울 듯 울 듯 한산도(閑山島) 바다에 뱃사공이 되어가며
녕 낮은 집 담 낮은 집 마당만 높은 집에서 열나흘 달을 업고 손방아만 찧는 내 사람을 생각한다

구마산 : 이 여행에서 백석은 마산의 구마산역에 도착하여 선창으로 내려가 어느 객
  줏집에서 하룻밤을 묵고 다음날 배편으로 통영으로 향했다.

고당 : 고장.

아개미 : 아가미.

호루기 : 쭈꾸미와 비슷하게 생긴 해산물.

황화장사 : 온갖 잡살뱅이의 물건을 지고 집집이 찾아다니며 파는 사람.

오구작작 : 여러 사람이 뒤섞여 떠드는 수선스런 모양.

녕 : 이엉.

내가 생각하는 것은

밝은 봄철날 따디기의 누긋하니 푹석한 밤이다
거리에는 사람두 많이 나서 흥성흥성 할 것이다.
어쩐지 이 사람들과 친하니 싸다니고 싶은 밤이다

그렇것만 나는 하이얀 자리 위에서 마른 팔뚝의
샛파란 핏대를 바라보며 나는 가난한 아버지를 가진 것과
내가 오래 그려오든 처녀가 시집을 간 것과
그렇게도 살틀하든 동무가 나를 버린 일을 생각한다

또 내가 아는 그 몸이 성하고 돈도 있는 사람들이
즐거이 술을 먹으려 다닐 것과
내 손에는 신간서(新刊書) 하나도 없는 것과
그리고 그 '아서라 세상사(世上事)'라도 들을
유성기도 없는 것을 생각한다

그리고 이러한 생각이 내 눈가를 내 가슴가를
뜨겁게 하는 것도 생각한다

따디기 : 한낮의 뜨거운 햇빛 아래 흙이 풀려 푸석푸석한 저녁 무렵.

누긋하니 : 여유 있는.

살뜰하든 : 너무나 다정스러우며 허물없이 위해주고 보살펴 주던.

아서라 세상사 : '아서라 세상사 쓸데없다'로 시작되는 판소리 단가로 제목은 편시춘 (片時春)이다.

흰밤

옛성(城)의 돌담에 달이 올랐다
묵은 초가지붕에 박이
또 하나 달같이 하이얗게 빛난다
언젠가 마을에서 수절과부 하나가 목을 매여 죽은 밤도
이러한 밤이었다

'호박꽃 초롱' 서시(序詩)

한울은
울파주가에 우는 병아리를 사랑한다
우물돌 아래 우는 돌우래를 사랑한다
그리고 또
버드나무 밑 당나귀 소리를 임내내는 시인을 사랑한다

한울은
풀 그늘 밑에 삿갓 쓰고 사는 버섯을 사랑한다
모래 속에 문 잠그고 사는 조개를 사랑한다
그리고 또
두툼한 초가지붕 밑에 호박꽃 초롱 혀고 사는 시인을 사랑한다

한울은
공중에 떠도는 흰 구름을 사랑한다
골짜구니로 숨어 흐르는 개울물을 사랑한다

그리고 또
아늑하고 고요한 시골 거리에서 쟁글쟁글 햇볕만 바래는

시인을 사랑한다

한울은
이러한 시인이 우리들 속에 있는 것을 더욱 사랑하는데
이러한 시인이 누구인 것을 세상은 몰라도 좋으나
그러나
그 이름이 강소천(姜小泉)인 것을 송아지와 꿀벌은 알을
것이다

울파주 : 대, 수수깡, 갈대, 싸리 등을 엮어 세워 놓은 울타리.
돌우래 : 말똥벌레나 땅강아지와 비슷하나 크기는 조금 더 크다. 땅을 파고 다니며 '오
 르오르' 소리를 낸다. 곡식을 못 살게 굴며 특히 콩밭에 들어가서 땅을 판다.
임내는 : 흉내내는
강소천 : 백석의 제자.

북방(北方)에서

- 정현웅(鄭玄雄)에게 -

아득한 옛날에 나는 떠났다

부여(扶餘)를 숙신(肅愼)을 발해(勃海)를 여진(女眞)을 요
(遼)를 금(金)을

흥안령(興安嶺)을 음산(陰山)을 아무우르를 숭가리를

범과 사슴과 너구리를 배반하고

송어와 메기와 개구리를 속이고 나는 떠났다

나는 그때

자작나무와 이깔나무의 슬퍼하든 것을 기억한다

갈대와 장풍의 붙드든 말도 잊지 않었다

오로촌이 멧돌을 잡어 나를 잔치해 보내든 것도

쏠론이 십리길을 따러나와 울든 것도 잊지 않었다

나는 그때

아무 이기지 못할 슬픔도 시름도 없이

다만 게을리 먼 앞대로 떠나 나왔다

그리하여 따사한 햇귀에서 하이얀 옷을 입고 매끄러운 밥
을 먹고 단샘을 마시고 낮잠을 잤다

밤에는 먼 개소리에 놀라나고

아침에는 지나가는 사람마다에게 절을 하면서도
나는 나의 부끄러움을 알지 못했다

그 동안 돌비는 깨어지고 많은 은금보화는 땅에 묻히고
가마귀도 긴 족보를 이루었는데
이리하야 또 한 아득한 새 옛날이 비롯하는 때
이제는 참으로 이기지 못할 슬픔과 시름에 쫓겨
나는 나의 옛 한울로 땅으로 – 나의 태반(胎盤)으로 돌아
왔으나
이미 해는 늙고 달은 파리하고 바람은 미치고 보래구름만
혼자 넋없이 떠도는데

아, 나의 조상은, 형제는, 일가친척은, 정다운 이웃은, 그
리운 것은, 사랑하는 것은, 우러르는 것은, 나의 자랑은, 나
의 힘은 없다
바람과 물과 세월과 같이 지나가고 없다

정현웅 : (1911~1976) 북한의 삽화가·출판화가·조선화가. 일제강점기에는 통속적인
　　내용의 유화와 출판 삽화를 주로 그렸으나 월북 이후에는 여러 장르를 넘나들었다.
　　황해도 안악 1~3호 고분벽화를 모사하기도 하였다.

흥안령(興安嶺) : 중국 동북지방의 대흥안령과 소흥안령을 아울러 일컬음. 서쪽을 북
　　동 방향으로 달리는 연장 120km의 대흥안령 산계와 북부에서 남동 방향으로 옮겨
　　흑룡강을 따라 달리는 연장 400km의 소흥안령 산계로 나뉨.

음산 : 음지산맥(陰山山脈) 부근의 지역.

아무우르(Amur) : 흑룡강 주변의 지역.

숭가리(Sungari) : 송화강. 중국 만주에 있는 큰 강. 백두산 천지에서 발원하여 북으로
　　흘러 눈강(嫩江)과 합류하여 흑룡강으로 빠짐.

장풍 : 창포. 뿌리는 한약으로 쓰임.

오로촌 : 만주의 유목민족. 매우 예절 바른 부족으로 한국 사람과 유사함.

멧돌 : 멧돼지.

쏠론(Solon) : 남방 퉁구스족의 일파. 아무르강의 남방에 분포함. 색륜(索倫).

돌비 : 돌로 된 비석.

미치고 : 몹시 불고.

보래구름 : 많이 흩어져 날리고 있는 작은 구름덩이.

'나 취했노라'

– 노리다께 가스오(則武三雄)에게 –

나 취했노라

나 오래된 스코틀랜드의 술에 취했노라

나 슬픔에 취했노라

나 행복해진다는 생각에 또한 불행해진다는 생각에 취했
노라

나 이 밤의 허무한 인생에 취했노라

〈原文〉

われ 酔へり

われ 古き蘇格蘭土の酒に酔へり

われ 悲みに酔へり

われ 幸福なることまた不幸なることの思ひに酔へり

われ この夜空しく虚なる人生に酔へり

이주하 이곳에 눕다

가난한 아들로 단천에 나니

재간이 뛰어났다

자라 영생에 배우고

뒤에 영신에 가르칠새

맑고 고요한 마음이

하늘과 사람을 기쁘게 하였다

뜻을 두고 스물세살로

동해에 가니

우리들의 정은 울다

이주하 : 백석의 영생고보 제자로 강소천과 동기생이다. 1937년 원산 명사십리로 물
놀이 갔다가 익사했다. 이 시는 이주하 묘비에 새겨진 시다.

단천 : 함경남도 단천군.

영생 : 영생고등보통학교.

영신 : 영신학교.

제2부

우리들은 가난해도
서럽지 않다

우리들은 가난해도 서럽지 않다
우리들은 외로워할 까닭도 없다
그리고 누구 하나 부럽지도 않다
흰밥과 가재미와 나는
우리들이 같이 있으면
세상 같은 건 밖에 나도 좋을 것 같다

고향(故鄕)

나는 북관(北關)에 혼자 앓어 누워서

어느 아츰 의원(醫員)을 뵈이었다

의원(醫員)은 여래(如來) 같은 상을 하고 관공(關公)의 수

염을 드리워서

먼 옛적 어느 나라 신선 같은데

새끼손톱 길게 돋은 손을 내어

묵묵하니 한참 맥을 집더니

문득 물어 고향이 어데냐 한다

평안도 정주(定州)라는 곳이라 한즉

그러면 아무개씨(氏) 고향이란다

그러면 아무개씰 아느냐 한즉

의원은 빙긋이 웃음을 띠고

막역지간(莫逆之間)이라며 수염을 쓴다

나는 아버지로 섬기는 이라 한즉

의원은 또 다시 넌즈시 웃고

말없이 팔을 잡어 맥을 보는데

손길은 따스하고 부드러워

고향도 아버지도 아버지의 친구도 다 있었다

관공(關公) : 중국 삼국시대 촉한(蜀漢)의 무장(武將). 자는 운장(雲長). 하동 사람. 장
　　비와 함께 유비와 형제를 맺고 유비를 도와 정공치적이 현저하였음. 후세 사람들이
　　각처에 관왕묘(關王廟)를 세워 모심.

두보(杜甫)나 이백(李白)같이

  오늘은 정월(正月) 보름이다

  대보름 명절인데

  나는 멀리 고향을 나서 남의 나라 쓸쓸한 객고에 있는 신세로다

  옛날 두보나 이백 같은 이 나라의 시인도

  먼 타관에 나서 이 날을 맞은 일이 있었을 것이다

  오늘 고향의 내 집에 있는다면

  새 옷을 입고 새 신도 신고 떡과 고기도 억병 먹고

  일가친척들과 서로 모여 즐거이 웃음으로 지날 것이연만

  나는 오늘 때묻은 입든 옷에 마른 물고기 한 토막으로

  혼자 외로이 앉아 이것저것 쓸쓸한 생각을 하는 것이다

  옛날 그 두보나 이백 같은 이 나라의 시인도

  이날 이렇게 마른 물고기 한 토막으로 외로이 쓸쓸한 생각을 한 적도 있었을 것이다

  나는 이제 어느 먼 외진 거리에 한고향 사람의 조그마한 가업집이 있는 것을 생각하고

  이 집에 가서 그 맛스러운 떡국이라도 한 그릇 사먹으리라 한다

  우리네 조상들이 먼먼 옛날로부터 대대로 이 날엔 으레히

그러하며 오듯이

　먼 타관에 난 그 두보나 이백 같은 이 나라의 시인도

　이 날은 그 어느 한고향 사람의 주막이나 반관(飯館)을 찾
어가서

　그 조상들이 대대로 하든 본대로 원소(元宵)라는 떡을 입
에 대며

　스스로 마음을 느꾸어 위안하지 않았을 것인가

　그러면서 이 마음이 맑은 옛 시인들은

　먼 훗날 그들의 먼 훗자손들도

　그들의 본을 따서 이날에는 원소를 먹을 것을

　외로이 타관에 나서도 이 원소를 먹을 것을 생각하며

　그들이 아득하니 슬펐을 듯이

　나도 떡국을 놓고 아득하니 슬플 것이로다

　아, 이 정월(正月) 대보름 명절인데

　거리에는 오독독이 탕탕 터지고 호궁(胡弓)소리 뗄뗄 높
아서

　내 쓸쓸한 마음엔 자꾸 이 나라의 옛 시인들이 그들의 쓸
쓸한 마음들이 생각난다

　내 쓸쓸한 마음은 아마 두보(杜甫)나 이백(李白) 같은 사

람들의 마음인지도 모를 것이다

　아무려나 이것은 옛투의 쓸쓸한 마음이다

객고 : 객지에서 당하는 고생.

억병 : 술을 매우 많이 마시는 모양.

맛스러운 : 맛이 없는

반관(飯館) : 음식점.

원소 : 원소절에 먹는 떡.

느꾸어 : 느껴워. 그 무엇에 대한 느낌이 가슴에 사무쳐서 마음에 겨운

오독독 : 화약을 재어 점화하면 터지는 소리를 자꾸 내면서 불꽃과 함께 떨어지게 만
　든 것.

호궁(胡弓) : 중국 전통 현악기의 한 가지. 모양은 바이올린과 비슷하며, 대나무로 만
　들어 뱀껍질을 입혔음.

절망(絶望)

북관(北關)에 계집은 튼튼하다
북관(北關)에 계집은 아름답다
아름답고 튼튼한 계집은 있어서
흰 저고리에 붉은 길동을 달아
검정치마에 받쳐입은 것은
나의 꼭 하나 즐거운 꿈이였드니
어늬 아침 계집은
머리에 무거운 동이를 이고
손에 어린 것의 손을 끌고
가펴러운 언덕길을
숨이 차서 올라갔다
나는 한종일 서러웠다

길동 : 저고리의 깃동.
가펴러운 : 가파른.

귀농(歸農)

백구둔(白狗屯)의 눈 녹이는 밭 가운데 땅 풀리는 밭 가운데
촌부자 노왕(老王)하고 같이 서서
밭최뚝에 즘부러진 땅버들의 버들개지 피여나는 데서
볕은 장글장글 따사롭고 바람은 솔솔 보드라운데
나는 땅임자 노왕(老王)한테 석상디기 밭을 얻는다

노왕(老王)은 집에 말과 나귀며 오리에 닭도 우울거리고
고방엔 그득히 감자에 콩곡석도 들여 쌓이고
노왕(老王)은 채매도 힘이 들고 하루종일 백령조(百鈴鳥)
소리나 들으려고
밭을 오늘 나한테 주는 것이고
나는 이젠 귀치 않은 측량(測量)도 문서(文書)도 실증이
나고
낮에는 마음놓고 낮잠도 한잠 자고 싶어서
아전노릇을 그만두고 밭을 노왕(老王)한테 얻는 것이다

날은 챙챙 좋기도 좋은데
눈도 녹으며 술렁거리고 버들도 잎트며 수선거리고
저 한쪽 마을에는 마돝에 닭, 개, 즘생도 들떠들고

또 아이어른 행길에 뜨락에 사람도 웅성웅성 흥성거려

나는 가슴이 이 무슨 흥에 벅차오며

이 봄에는 이 밭에 감자, 강냉이, 수박에 오이며 당콩에 마
늘과 파도 심으리라 생각한다

수박이 열면 수박을 먹으며 팔며

감자가 앉으면 감자를 먹으며 팔며

까막까치나 두더지 돝벌기가 와서 먹으면 먹는 대로 두어
두고

도적이 조금 걷어가도 걷어가는 대로 두어두고

아, 노왕(老王), 나는 이렇게 생각하노라

나는 노왕(老王)을 보고 웃어 말한다

이리하여 노왕(老王)은 밭을 주어 마음이 한가하고

나는 밭을 얻어 마음이 편안하고

디퍽디퍽 눈을 밟으며 터벅터벅 흙도 덮으며

사물사물 햇볕은 목덜미에 간지로워서

노왕(老王)은 팔장을 끼고 이랑을 걸어

나는 뒷짐을 지고 고랑을 걸어

밭을 나와 밭뚝을 돌아 도랑을 건너 행길을 돌아

지붕에 바람벽에 울파주에 볕살 쇠리쇠리한 마을을 가리
키며

노왕(老王)은 나귀를 타고 앞에 가고

나는 노새를 타고 뒤에 따르고

마을끝 충왕묘(蟲王廟)에 충왕(蟲王)을 찾어뵈러 가는 길
이다

토신묘(土神廟)에 토신(土神)도 찾어뵈러 가는 길이다

백구둔 : 중국 만주 지역의 어느 농촌 마을 이름.

노왕(老王) : 라오왕. 왕씨. '노'는 중국어에서 사람의 성씨 앞에 붙여 친밀한 뜻을 나
   타내는 말.

밭최똑 : 밭두둑.

석상디기 : 석섬지기.

채매 : 채마밭.

백령조(百鈴鳥) : 백령조(白翎鳥). 몽고종다리. 참새보다 크고 다갈색 깃털에 반점
   이 있음. 아주 높이 날며 갖가지 해충을 잡아먹어 농사에 이로운 새.

아전(衙前) : 지방관청의 속료. 서리(胥吏). 소리(小吏). 하리(下吏).

마돝 : 말과 돼지.

돝벌기 : 돼지벌레. 잎벌레. 과수의 잎이나 배추, 무 따위의 잎을 갉아먹는 해로운 벌
   레임.

이랑 : 갈아 놓은 밭의 한 두둑과 고랑을 아울러 이르는 말.

고랑 : 밭이나 논의 두둑 사이 낮은 곳.

울파주 : 대, 수수깡, 갈대, 싸리 등을 엮어 세워 놓은 울타리.

토신묘 : 흙을 맡아 다스린다는 토신을 모신 당집.

조당(澡塘)에서

　나는 지나(支那)나라 사람들과 같이 목욕을 한다
　무슨 은(殷)이며 상(商)이며 월(越)이며 하는 나라사람들
의 후손들과 같이
　한 물통 안에 들어 목욕을 한다
　서로 나라가 다른 사람인데
　다들 쪽 발가벗고 같이 물에 몸을 녹히고 있는 것은
　대대로 조상도 서로 모르고 말도 제가끔 틀리고 먹고 입
는 것도 모두 다른데
　이렇게 발가들 벗고 한 물에 몸을 씻는 것은
　생각하면 쓸쓸한 일이다
　이 딴 나라 사람들이 모두 이마들이 번번하니 넓고 눈은
컴컴하니 흐리고
　그리고 길쯤한 다리에 모두 민숭민숭하니 다리털이 없는
것이
　이것이 나는 왜 자꾸 슬퍼지는 것일까
　그런데 저기 나무판장에 반쯤 나가 누워서
　나주볕을 한없이 바라보며 혼자 무엇을 즐기는 듯한 목이
긴 사람은
　도연명(陶淵明)은 저러한 사람이었을 것이고

또 여기 더운 물에 뛰어들며

무슨 물새처럼 악악 소리를 지르는 삐삐 파리한 사람은

양자(楊子)라는 사람은 아무래도 이와 같았을 것만 같다

나는 시방 옛날 진(晉)이라는 나라나 위(衛)라는 나라에
와서

내가 좋아하는 사람들을 만나는 것만 같다

이리하야 어쩐지 내 마음은 갑자기 반가워지나

그러나 나는 조금 무서웁고 외로워진다

그런데 참으로 그 은(殷)이며 상(商)이며 월(越)이며 위
(衛)며 진(晉)이며 하는 나라 사람들의 이 후손들은

얼마나 마음이 한가하고 게으른가

더운 물에 몸을 불키거나 때를 밀거나 하는 것도 잊어버
리고

제 배꼽을 들여다보거나 남의 낯을 쳐다보거나 하는 것인데

이러면서 그 무슨 제비의 침이라는 연소탕(燕巢湯)이 맛
도 있는 것과

또 어느 바루 새악씨가 곱기도 한 것 같은 것을 생각하는
것일 것인데

나는 이렇게 한가하고 게으르고 그러면서 목숨이라든가

인생이라든가 하는 것을 정말 사랑할 줄 아는

 그 오래고 깊은 마음들이 참으로 좋고 우러러진다

 그러나 나라가 서로 다른 사람들이

 글쎄 어린 아이들도 아닌데 쪽 발가벗고 있는 것은

 어쩐지 조금 우수웁기도 하다

조당(澡塘) : 수초로 둘러싸인 연못이란 이름의 공중목욕탕 상호로 보인다.
지나(支那) : 중국을 일컫는다. china의 어원으로 보기도 한다.
나주볕 : 저녁 햇빛.
바루 : 쯤(장소의 대략 위치). 곧.

허준(許俊)

그 맑고 거룩한 눈물의 나라에서 온 사람이여
그 따사하고 살틀한 볕살의 나라에서 온 사람이여

눈물의 또 볕살의 나라에서 당신은
이 세상에 나들이를 온 것이다
쓸쓸한 나들이를 단기려 온 것이다

눈물의 또 볕살의 나라 사람이여
당신이 그 긴 허리를 굽히고 뒷짐을 지고 지치운 다리로
싸움과 흥정으로 왁자지껄하는 거리를 지날 때든가
추운 겨울밤 병들어 누운 가난한 동무의 머리맡에 앉어
말없이 무릎 위 어린 고양이의 등만 쓰다듬는 때든가
당신의 그 고요한 가슴 안에 온순한 눈가에
당신네 나라의 맑은 하늘이 떠오를 것이고
당신의 그 푸른 이마에 삐여진 어깻쭉지에
당신네 나라의 따사한 바람결이 스치고 갈 것이다

높은 산도 높은 꼭다기에 있는 듯한
아니면 깊은 물도 깊은 밑바닥에 있는 듯한 당신네 나라의

하늘은 얼마나 맑고 높을 것인가

바람은 얼마나 따사하고 향기로울 것인가

그리고 이 하늘 아래 바람결 속에 퍼진

 그 풍속은 인정은 그리고 그 말은 얼마나 좋고 아름다울 것인가

다만 한 사람 목이 긴 시인(詩人)은 안다

'도스토이엡흐스키'며 '죠이쓰'며 누구보다도 잘 알고 일등가는 소설도 쓰지만

 아무 것도 모르는 듯이 어드근한 방안에 굴어 게으르는 것을 좋아하는 그 풍속을

 사랑하는 어린 것에게 엿 한 가락을 아끼고 위하는 아내에겐 해진 옷을 입히면서도

 마음이 가난한 낯설은 사람에게 수백냥 돈을 거저 주는 그 인정을 그리고 또 그 말을

 사람은 모든 것을 다 잃어버리고 넋 하나를 얻는다는 크나큰 그 말을

그 멀은 눈물의 또 볕살의 나라에서

이 세상에 나들이를 온 사람이여

이 목이 긴 시인이 또 게사니처럼 떠돈다고

당신은 쓸쓸히 웃으며 바둑판을 당기는구려

허준 : 1910.2.27~?. 이효석, 이태준, 최명익 등과 어깨를 겨룰 수 있는 당대 최고의
소설가. 조선일보 기자와 만주 신경생활을 거쳐 북한에서 김일성대학 영문학과 교
수를 역임. 작품에는 '탁류', '습작실에서', '속 습작실에서', '평대저울', '잔등' 등이
있고 심리적이고 의식적인 소설가 제1인자로 내면의 묘사를 솔직하고 사실적으로
하여 경지를 이룬 작가.

창원도(昌原道)

- 남행시초(南行詩抄)1

솔포기에 숨었다
토끼나 꿩을 놀래주고 싶은 산허리의 길은

엎데서 따스하니 손 녹히고 싶은 길이다

개 데리고 호이호이 휘파람 불며
시름 놓고 가고 싶은 길이다

괴나리봇짐 벗고 땃불 놓고 앉어
담배 한대 피우고 싶은 길이다

승냥이 줄레줄레 달고 가며
덕신덕신 이야기하고 싶은 길이다

더꺼머리 총각은 정든 님 업고 오고 싶은 길이다

솔포기 : 가지가 다보록하게 퍼진 작은 소나무.
땃불 : 땅불. 화톳불.

통영(統營)
– 남행시초 2

통영(統營)장 낫대들었다

갓 한 닢 쓰고 건시 한 접 사고 홍공단 댕기 한 감 끊고 술
한 병 받어들고

화륜선 만져보려 선창 갔다

오다 가수내 들어가는 주막 앞에
문둥이 품바타령 듣다가

열이레 달이 올라서
나룻배 타고 판데목 지나간다 간다

서병직 씨에게

낫대들었다 : 낮에 들었다. 낮 때가 되어 장에 들어갔다.
홍공단 댕기 : 붉은 공단천으로 만든 댕기.
화륜선 : 이전에 기선(汽船)을 이르던 말.
가수네 : 가시내. 여자아이.
판데목 : 경남 통영의 앞바다에 있는 수로 이름으로 1932년 해저터널이 완성된 곳이
　　　다. 판데다리라고도 하며 옛날에는 달고보리라고 했음.
서병직 : 백석은 난을 만나기 위해 통영을 찾았지만 난을 만나지는 못한다. 이때 난의
　　　외사촌오빠인 서병직을 만나 위로를 받으며 통영의 곳곳을 동행했다. 이 시는 서병
　　　직에게 헌정된 시다.

고성가도(固城街道)

– 남행시초 3

고성(固城)장 가는 길
해는 둥둥 높고

개 하나 얼린하지 않는 마을은
해밝은 마당귀에 맷방석 하나
빨갛고 노랗고
눈이 시울은 곱기도 한 건반밥
아 진달래 개나리 한참 피었구나

가까이 잔치가 있어서
곱디고은 건반밥을 말리우는 마을은
얼마나 즐거운 마을인가

어쩐지 당홍치마 노란저고리 입은 새악시들이
웃고 살을 것만 같은 마을이다

얼린하지 않는 : 얼씬도 하지 않는. 한 마리도 나타나지 않는.
시울은 : 환하게 눈이 부신.
건반밥 : 잔치 때 쓰는 약밥.

삼천포(三千浦)

– 남행시초 4

졸레졸레 도야지 새끼들이 간다

귀밑이 재릿재릿하니 볕이 담복 따사로운 거리다

잿더미에 까치 오르고 아이 오르고 아지랑이 오르고

해바라기 하기 좋을 볏곡간 마당에

볏짚같이 누우란 사람들이 둘러서서

어느 눈 오신 날 눈을 츠고 생긴듯한 말다툼 소리도 누우
라니

소는 기르매 지고 조은다

아 모도들 따사로히 가난하니

츠고 : 치고.

기르매 : 길마. 짐을 실으려고 소의 등에 얹는 안장.

북관(北關)

– 함주시초(咸州詩抄)1

명태(明太)창난젓에 고추무거리에 막칼질한 무이를 비벼
익힌 것을
　이 투박한 북관(北關)을 한없이 끼밀고 있노라면
　쓸쓸하니 무릎은 꿇어진다

　시큼한 배척한 퀴퀴한 이 내음새 속에
　나는 가느슥히 여진(女眞)의 살내음새를 맡는다

　얼근한 비릿한 구릿한 이 맛 속에선
　까마득히 신라(新羅) 백성의 향수(鄕愁)도 맛본다

북관(北關) : 함경도를 군사상 구분하여 마천령을 경계로 그 북쪽은 북관, 그 남쪽은
　남관(南關)이라 함.
함주(咸州) : 함경남도 중부에 위치.
끼밀고 : 어떤 물건을 끼고 앉아 자세히 보며 느끼고 있노라면.
배척한 : 조금 비린 맛이나 냄새가 나는 듯한.
가느슥히 : 가느스름하게, 희미하게.

노루

– 함주시초 2

장진(長津) 땅이 지붕넘에 넘석하는 거리다

자구나무 같은 것도 있다

기장감주에 기장차떡이 흔한데다

이 거리에 산골사람이 노루새끼를 다리고 왔다

산골사람은 막베등거리 막베잠방둥에를 입고

노루새끼를 닮었다

노루새끼 등을 쓸며

터 앞에 당콩순을 다 먹었다 하고

서른닷냥 값을 부른다

노루새끼는 다문다문 흰점이 배기고 배안의 털을 너슬너

슬 벗고

산골사람을 닮었다

산골사람의 손을 핥으며

약자에 쓴다는 흥정소리를 듣는 듯이

새까만 눈에 하이얀 것이 가랑가랑한다

넘석하는 : 목을 길게 빼고 자꾸 넘겨다보는.

자구나무 : 자귀나무. 함수초과에 속하는 낙엽 활엽의 작은 교목. 밤에는 잎이 오므라듦.

기장 : 벼과의 일년초로 식용작물. 인도가 원산으로 1.2~1.5m 정도 자라며 잎이 가늘
    고 이삭은 가을에 익음. 열매는 당황색이며 좁쌀보다 낟알이 굵음.

막배등거리 : 거칠게 짠 배로 만든 덧저고리.

막베잠뱀동에 : 막베로 만든 잠방이 형식의 아래 속옷.

당콩순 : 강남콩순.

다문다문 : 드문드문, 뛰엄뛰엄.

약자 : 약재료

가랑가랑한다 : 그렁그렁한다. 물이 거의 찰 듯한 상태.

고사(古寺)

- 함주시초 3

부뚜막이 두 길이다
이 부뚜막에 놓인 사닥다리로 자박수염난 공양주는 성궁
미를 지고 오른다

한말 밥을 한다는 크나큰 솥이
외면하고 가부틀고 앉아서 염주도 세일 만하다

화라지송침이 단채로 들어간다는 아궁지
이 험상궂은 아궁지도 조앙님은 무서운가 보다

농마루며 바람벽은 모두들 그느슥히
흰밥과 두부와 튀각과 자반을 생각나 하고

하폄도 남직하니 불기와 유종들이
묵묵히 팔짱끼고 쭈구리고 앉았다

재 안 드는 밤은 불도 없이 캄캄한 까막나라에서
조앙님은 무서운 이야기나 하면
모두들 죽은 듯이 엎데였다 잠이 들 것이다

자박수염 : 다박나룻. 다보록하게 함부로 난 수염

공양주 : 부처에게 시주하는 사람 또는 절에서 밥을 짓는 중.

성궁미 : 부처에게 바치는 쌀.

화라지송침 : 소나무 옆가지를 쳐서 칡덩굴이나 새끼줄로 묶어 땔감으로 장만한 다
　　발.

조앙님 : 조왕(竈王)님. 부엌을 맡은 신. 부엌에 있으며 모든 길흉을 판단함.

하폄 : 하품.

불기 : 부처의 공양미를 담는 그릇. 모양이 불발(佛鉢)과 같으나 불발은 사시(巳時)에
　　만 쓰나 불기는 아무 때나 씀.

유종 : 놋그릇으로 만든 종발.

재(齋) 안 드는 : 명복을 비는 불공이 없는

선우사(膳友辭)

– 함주시초 4

낡은 나조반에 흰밥도 가재미도 나도 나와 앉어서
쓸쓸한 저녁을 맞는다

흰밥과 가재미와 나는
우리들은 그 무슨 이야기라도 다 할 것 같다
우리들은 서로 미덥고 정답고 그리고 서로 좋구나

우리들은 맑은 물밑 해정한 모래톱에서 하구 긴 날을 모
래알만 헤이며 잔뼈가 굵은 탓이다
바람 좋은 한벌판에서 물닭이 소리를 들으며 단이슬 먹고
나이 들은 탓이다
외따른 산골에서 소리개소리 배우며 다람쥐 동무하고 자
라난 탓이다

우리들은 모두 욕심이 없어 희여졌다
착하디 착해서 세괏은 가시 하나 손아귀 하나 없다
너무나 정갈해서 이렇게 파리했다

우리들은 가난해도 서럽지 않다

우리들은 외로워할 까닭도 없다

그리고 누구 하나 부럽지도 않다

흰밥과 가재미와 나는

우리들이 같이 있으면

세상 같은 건 밖에 나도 좋을 것 같다

선우사(膳友辭) : 반찬과 친구가 된 이야기.

나조반 : 나좃쟁반. 갈대를 한 자쯤 잘라 묶어 기름을 붓고 붉은 종이로 둘러싸서 초처
   럼 불을 켜는 나좃대를 받치는 쟁반.

소리개소리 : 솔개 소리. 솔개는 무서운 매의 일종임.

세괏은 : 매우 기세가 억세고 날카로운.

산곡(山谷)

– 함주시초 5

돌각담에 머루송이 깜하니 익고
자갈밭에 아즈까리알이 쏟아지는
잠풍하니 볕바른 골짝이다
나는 이 골짝에서 한겨울을 날려고 집을 한 채 구하였다
집이 몇 집 되지 않는 골안은
모두 터앞에 김장감이 퍼지고
뜨락에 잡곡 낟가리가 쌓여서
어니 세월에 뷔일 듯한 집은 뵈이지 않았다
나는 자꼬 골안으로 깊이 들어갔다

골이 다한 산대 밑에 자그마한 돌능와집이 한 채 있어서
이 집 남길동 단 안주인은 겨울이면 집을 내고
산을 돌아 거리로 나려간다는 말을 하는데
해바른 마당에는 꿀벌이 스무나문 통 있었다

낮 기울은 날을 햇볕 장글장글한 툇마루에 걸어앉어서
지난 여름 도락구를 타고 장진(長津)땅에 가서 꿀을 치고
돌아왔다는 이 벌들을 바라보며 나는
날이 어서 추워져서 쑥국화꽃도 시들고

이 바즈런한 백성들도 다 제 집으로 들은 뒤에 이 골안으로 올 것을 생각하였다

잠풍하니 : 잔잔한 바람이 살랑살랑 부는 듯하니.
터앝 : 텃밭. 집의 울안에 있는 작은 밭.
돌능와집 : 기와 대신 얇은 돌조각을 지붕으로 인 집.
남길동 : 남색의 저고리 깃동.

구장로(球場路)

– 서행시초(西行詩抄)1

삼리밖 강 쟁변엔 자갯돌에서
비멀이한 옷을 부숭부숭 말려 입고 오는 길인데
산 모롱고지 하나 도는 동안에 옷은 또 함북 젖었다

한 이십리 가면 거리라든데
한겻 남아 걸어도 거리는 보이지 않는다
나는 어느 외진 산길에서 만난 새악시가 곱기도 하든 것과
어니메 강물 속에 들여다보이던 쏘가리가 한자나 되게 크
던 것을 생각하며
산비에 젖었다는 말랐다 하며 오는 길이다

이젠 배도 출출히 고팠는데
어서 그 옹기장사가 온다는 거리로 들어가면
무엇보다도 먼저 '酒類販賣業(주류판매업)'이라고 써붙인
집으로 들어가자

그 뜨수한 구들에서
따끈한 삼십오도 소주(燒酒)나 한 잔 마시고
그리고, 그 시래기국에 소피를 넣고 두부를 두고 끓인 구

수한 술국을 뜨근히

몇 사발이고 왕사발로 몇 사발이고 먹자

쟁변 : 강변. 물가.

자개들 : 작은 돌들이 깔려 있는 들판.

비멀이하다 : 비머리하다. 비가 쏟아진 후로 온몸이 비에 흠뻑 젖다.

부숭부숭 : 부숭부숭. 잘 말라서 물기가 아주 없는 모양.

모롱고지 : 모롱이. 산모퉁이의 휘어 눌린 곳.

한겻 : 하루의 4분의 1인 시간. 곧 여섯 시간. 한나절.

북신(北新)

– 서행시초 2

거리에는 모밀내가 났다

부처를 위하는 정갈한 노친네의 내음새 같은 모밀내가 났다

어쩐지 향산(香山) 부처님이 가까웁다는 거린데

국수집에서는 농짝 같은 도야지를 잡어 걸고 국수에 치는

도야지 고기는 돗바늘 같은 털이 드믄드믄 배겼다

　나는 이 털도 안 뽑은 도야지 고기를 물끄러미 바라보며

　또 털도 안 뽑은 고기를 시끼면 맨모밀국수에 얹어서 한

입에 꿀꺽 삼키는 사람들을 바라보며

　나는 문득 가슴에 뜨끈한 것을 느끼며

　소수림왕(小獸林王)을 생각한다 광개토대왕(廣開土大王)

을 생각한다

모밀내 : 모밀내음새

향산 : 묘향산

돗바늘 : 아주 굵은 바늘

팔원(八院)

- 서행시초 3

차디찬 아침인데

묘향산행(妙香山行) 승합자동차(乘合自動車)는 텅하니 비
어서

나이 어린 계집아이 하나가 오른다

옛말속같이 진진초록 새 저고리를 입고

손잔등이 밭고랑처럼 몹시도 터졌다

계집아이는 자성(慈城)으로 간다고 하는데

자성(慈城)은 예서 삼백오십리(三百五十里) 묘향산(妙香
山) 백오십리(百五十里)

묘향산(妙香山) 어디메서 삼촌이 산다고 한다

쌔하얗게 얼은 자동차(自動車) 유리창 밖에

내지인(內地人) 주재소장(駐在所長) 같은 어른과 어린아이
둘이 내임을 낸다

계집아이는 운다 느끼며 운다

텅 비인 차(車)안 한구석에서 어느 한 사람도 눈을 씻는다

계집아이는 몇 해고 내지인(內地人) 주재소장(駐在所長)집
에서

밥을 짓고 걸레를 치고 아이보개를 하면서

이렇게 추운 아침에도 손이 꽁꽁 얼어서

찬물에 걸레를 쳤을 것이다

팔원 : 평안북도 영변군 팔원면.
내임을 낸다 : 배웅을 한다.

월림(月林)장

– 서행시초 4

'自是東北八○粁熙川(자시동북팔○천희천)'의 팻말이 선 곳
돌능와집에 소달구지에 싸리신에 옛날이 사는 장거리에
어느 근방 산천(山川)에서 덜거기 꺽꺽 검방지게 운다

초아흐레 장판에
산 멧도야지 너구리가죽 튀튀새 났다
또 가얌에 귀이리에 도토리묵 도토리범벅도 났다

나는 주먹다시 같은 떡당이에 꿀보다도 달다는 강낭엿을
산다
그리고 물이라도 들 듯이 샛노랗디 샛노란 산골 마가슬
볕에 눈이 시울도록 샛노랗디 샛노란 햇기장쌀을 주무르며

기장쌀은 기장차떡이 좋고 기장차랍이 좋고 기장감주가
좋고 그리고 기장쌀로 쑨 호박죽은 맛도 있는 것을 생각하
며 나는 기쁘다

월림 : 묘향산에 있는 계곡 중 하나가 월림천이고, 이곳에는 월림역이 있다.

자시동북팔○천희천(自是東北八○粁熙川) : 여기(月林장)서부터 동북쪽 방면으로 희천(熙川)까지는 8…km. 월림에서 희천군 희천읍까지는 약 80리가 되는데 이를 키로미터로 환산하면 30km가 약간 넘는다. 팻말의 내용 중 망실된 부분 '○'은 고의적으로 여행객이나 인근 주민들이 없앤 것이다.

돌능와집 : 기와 대신 얇은 돌조각을 지붕으로 인 집.

덜거기 : 숫놈 장끼.

떡당이 : 떡덩이.

마가슬 : 넘어가는 해의 빛. 저녁 오후 3시를 넘어서는 햇빛.

제3부

산에 오면 산 소리
벌로 오면 벌 소리

시월 단풍은 아름다우나

사랑하기를 삼갈 것이니

울어서도 다하지 못한

독한 원한이

빨간 자주로

지지우리지 않느뇨.

적막강산

오이밭에 벌배채 통이 지는 때는
산에 오면 산 소리
벌로 오면 벌 소리

산에 오면
큰솔밭에 뻐꾸기 소리
잔솔밭에 덜거기 소리

벌로 오면
논두렁에 물닭의 소리
갈밭에 갈새 소리

산으로 오면 산이 들썩 산 소리 속에 나 홀로
벌로 오면 벌이 들썩 벌 소리 속에 나 홀로

정주(定州) 동림(東林) 구십(九十)여 리(里) 긴긴 하로 길에
산에 오면 산 소리 벌에 오면 벌 소리
적막강산에 나는 있노라

벌배채 : 들의 배추.

물닭 : 비오리. 오리과에 딸린 물새. 쇠오리와 비슷한데 좀 크고 부리는 뾰족하며, 날
　　개는 자주색이 많아 오색이 찬란함. 원앙처럼 암수가 함께 놀고, 주로 물가나 호숫
　　가에서 물고기, 개구리, 곤충류 따위를 잡아먹음.

동림(東林) : 선천에 있는 지명 이름. 특히 동림폭포가 유명하다.

산(山)

머리 빗기가 싫다면
니가 들구 나서
머리채를 끄을구 오른다는
산(山)이 있었다

산(山)너머는
겨드랑이에 깃이 돋아서 장수가 된다는
더꺼머리 총각들이 살아서
색시 처녀들을 잘도 업어 간다고 했다
산 마루에 서면
멀리 언제나 늘 그물그물
그늘만 친 건넛산에서
벼락을 맞아 바윗돌이 되었다는
큰 땅꽹이 한 마리
수염을 뻗치고 건너다보는 것이 무서웠다
그래도 그 쉬영꽃 진달래 빨가니 핀 꽃 바위 너머
산 잔등에는 가지취 뻐국채 게루기 고사리 산(山)나물판
산나물 냄새 물씬 물씬 나는데
나는 복장노루를 따라 뛰었다

그물그물 : 가물가물.

쉬영꽃 : 수영꽃. 마디풀과에 딸린 여러해살이풀. 5~6월에 녹색 또는 담홍색 꽃이 들
  이나 길가에 핌. 어린 잎과 줄기는 식용으로 쓰임.

가쥐치 : 참치나물. 식용 산나물의 한 가지.

빼국채 : 국화과의 여러해살이풀. 어린 잎은 식용 내지 약용으로 쓰임.

게루기 : 게로기. 초롱꽃과에 딸린 여러해살이 풀. 산지에 절로 나며 어린잎과 뿌리는
  식용으로 쓰임.

복장노루 : 복작노루. 고라니. 사슴과에 딸린 짐승. 몸이 작으며 암수 모두 뿔이 나지
  않음. 송곳니가 자라서 입 밖으로 나오며 이것으로 나무 뿌리를 캐먹음.

비

아카시아들이 언제 흰 두레방석을 깔었나
어데서 물큰 개비린내가 온다

두레방석 : 짚으로 엮어 짠 둥그스레한 방석.
물큰 : 냄새가 한꺼번에 확 풍기는 모양.

산지(山地)

갈부던 같은 약수(藥水)터의 산(山)거리
여인숙(旅人宿)이 다래나무 지팽이와 같이 많다
시냇물이 버러지 소리를 하며 흐르고
대낮이라도 산(山)옆에서는
승냥이가 개울물 흐르듯 운다

소와 말은 도로 산(山)으로 돌아갔다
염소만이 아직 된비가 오면 산(山)개울에 놓인 다리를 건
너 인가(人家) 근처로 뛰어온다

벼랑턱의 어두운 그늘에 아침이면
부엉이가 무거웁게 날아온다
낮이 되면 더 무거웁게 날아가 버린다

산(山)너머 십오리(十五里)서 나무뒝치 차고 싸리신 신고
산(山)비에 축축이 젖어서 약(藥)물을 받으러 오는 산(山)아
이도 있다
아비가 앓는가 부다
다래 먹고 앓는가 부다

아랫마을에서는 애기무당이 작두를 타며 굿을 하는 때가
많다

갈부던 : 갈잎 세 개로 엮어 가운데는 빈 공간으로 한 두툼한 갈잎 덩어리.
다래나무 : 다래과에 속하는 낙엽 만목(蔓木).
버러지 : 벌레.
된비 : 소낙비.
나무쟁치 : 나무의 속을 파서 만든 주둥이가 조그마한 뒤웅박.

정주성 (定州城)

산턱 원두막은 비었으나 불빛이 외롭다
헝겊 심지에 아주까리 기름의 쪼는 소리가 들리는 듯하다

잠자리 조을든 무너진 성(城)터
반딧불이 난다 파란 혼(魂)들 같다
어데서 말 있는 듯이 크다란 산(山)새 한 마리 어두운 골
짜기로 난다

헐리다 남은 성문(城門)이
한울빛같이 훤하다
날이 밝으면 또 메기수염의 늙은이가 청배를 팔러 올 것
이다

정주성 : 평안북도 정주군 정주읍에 있는 조선시대의 성곽으로 북한의 사적. 조선 초
　기에 흙으로 쌓았던 토성이었으나, 뒤에 석성으로 개축한 정주의 읍성(邑城)이다.
아주까리 : 피마자(蓖麻子), 씨는 기름을 짜는 대극과(大戟科)의 일년생풀.
쪼는 : 기름이 타 들어가는.
한울 : 하늘.
청배 : 청배나무의 열매.

추일산조(秋日山朝)

　아침볕에 섶구슬이 한가로히 익는 골짝에서 꿩은 울어 산
울림과 장난을 한다

　산마루를 탄 사람들은 새꾼들인가
　파란 한울에 떨어질 것같이
　웃음소리가 더러 산밑까지 들린다

　순례(巡禮)중이 산을 올라간다
　어젯밤은 이 산 절에 재(齋)가 들었다

　무리돌이 굴러나리는 건 중의 발꿈치에선가

섶구슬 : 풀섶의 구슬, 즉 풀잎에 맺힌 이슬방울.
새꾼 : 나무꾼.
무리돌 : 많은 돌.

청시(靑柿)

별 많은 밤
하누바람이 불어서
푸른 감이 떨어진다
개가 짖는다

하누바람 : 하늬바람. 농부나 뱃사람들이 '서풍'을 부르는 말. '하늬'는 뱃사람의 말로
서쪽이다. 따라서 하늬바람은 맑은 날 서쪽에서 부는 서늘하고 건조한 바람을 말한
다

산비

산뽕잎에 빗방울이 친다
멧비둘기가 난다
나무등걸에서 자벌기가 고개를 들었다
멧비둘기 켠을 본다

자벌기 : 자벌레.

쓸쓸한 길

거적장사 하나 산뒷옆 비탈을 오른다
아 ─ 따르는 사람도 없이 쓸쓸한 쓸쓸한 길이다
산까마귀만 울며 날고
도적갠가 개 하나 어정어정 따러간다
이스라치전이 드나 머루전이 드나
수리취 땅버들의 하이얀 복이 서러웁다
뚜물같이 흐린 날 동풍(東風)이 설렌다

이스라치전 : 앵두가 지천에 깔려 펼쳐져 모여 있는 곳.
머루전 : 머루가 많이 펼쳐져 있는 곳.
수리취 : 엉거시과에 속하는 다년초로 야산에 자생하며 어린잎은 식용함.
복 : 수리취, 땅버들 따위의 겉을 둘러싸고 있는 하얀 솜털.
뚜물 : 쌀을 일고 난 뿌연 물

석류(柘榴)

남방토(南方土) 풀 안 돋은 양지귀가 보인다

햇비 멎은 저녁의 노을 먹고 산다

태고(太古)에 나서

선인도(仙人圖)가 꿈이다

고산정토(高山淨土)에 산약(山藥) 캐다 오다

달빛은 이향(異鄕)

눈은 정기 속에 어우러진 싸움

柘榴(자류) : 석류(石榴)의 오기로 봐서 자류가 아닌 석류로 제목을 붙였다. 오기가
    아니라고 하는 시각에서는 자류(柘榴)를 산뽕나무 열매. 즉 오디라고 말한다.
양지귀 : 햇볕 잘 드는 곳. 양지(陽地) 귀퉁이.
선인도(仙人圖) : 신선의 그림.

머루밤

불을 끈 방안에 횃대의 하이얀 옷이 멀리 추울 것같이

개방위(方位)로 말방울 소리가 들려온다

문을 연다 머룻빛 밤한울에
송이버섯의 내음새가 났다

단풍(丹楓)

빨간 물 짙게 든 얼굴이 아름답지 않으뇨.

빨간 정(情) 무르녹는 마음이 아름답지 않으뇨.

단풍든 시절은 새빨간 웃음을 웃고 새빨간 말을 지줄댄다.

어데 청춘(靑春)을 보낸 서러움이 있느뇨.

어데 노사(老死)를 앞둘 두려움이 있느뇨.

재화가 한끝 풍성하야 시월(十月) 햇살이 무색하다.

사랑에 한창 익어서 실찐 띠몸이 불탄다.

영화의 자랑이 한창 현란해서 청청한울이 눈부셔 한다.

시월(十月)시절은 단풍이 얼굴이요, 또 마음인데 시월단
풍도 높다란 낭떨어지에 두서너 나무 깨웃듬이 외로히 서서
한들거리는 것이 기로다.

시월 단풍은 아름다우나 사랑하기를 삼갈 것이니 울어서
도 다하지 못한 독한 원한이 빨간 자주로 지지우리지 않느뇨.

지줄댄다 : 지껄여댄다
띠몸 : 띠를 두른 몸
깨웃듬이 : 약간 몸을 비스듬이하고 균형을 잡고 있는 모양, 돌출이 되어 기웃둥이.
지지우리지 : 황홀할 정도로 환하게 빛나지

추야일경(秋夜一景)

닭이 두 홰나 울었는데
안방 큰방은 홰즛하니 당등을 하고
인간들은 모두 웅성웅성 깨여 있어서들
오가리며 석박디를 썰고
생강에 파에 청각에 마눌을 다지고

시래기를 삶는 훈훈한 방안에는
양념 내음새가 싱싱도 하다

밖에는 어데서 물새가 우는데
토방에선 햇콩두부가 고요히 숨이 들어갔다

홰즛하니 : 어둑하니 호젓한 느낌이 드는.
당등 : 밤새도록 켜 놓는 등불. 장등(長燈).
오가리 : 박 · 무우 · 호박 따위의 살을 오리거나 썰어서 말린 것.
석박디 : 섞박지. 김장할 때 절인 무와 배추, 오이를 썰어 여러 가지 고명에 젓국을 조
   금 쳐서 익힌 김치.
청각 : 짙은 녹색이고 부드러운 해초. 김장 때 김치의 고명으로 쓰이고 무쳐먹기도 함.

석양(夕陽)

거리는 장날이다

장날 거리에 영감들이 지나간다

영감들은

말상을 하였다 범상을 하였다 쪽재비상을 하였다

개발코를 하였다 안장코를 하였다 질병코를 하였다

그 코에 모두 학실을 썼다

돌체 돗보기다 대모체 돗보기다 로이도 돗보기다

영감들은 유리창 같은 눈을 번득거리며

투박한 북관(北關)말을 떠들어대며

쇠리쇠리한 저녁해 속에

사나운 짐승같이들 사려졌다

개발코 : 개발처럼 뭉뚝하게 생긴 코 내지는 넙죽한 코를 말함.

안장코 : 말의 안장처럼 콧등이 잘룩하게 생긴 코.

질병코 : 거칠고 투박한 오지병처럼 생긴 코.

학실 : 노인들이 쓰는 안경. 특히 다리 가운데를 접었다 폈다 할 수 있게 만든 안경.

돌체 돗보기 : 석영(石英) 유리로 안경태를 만든 돋보기.

대모체 돗보기 : 바다거북의 등 껍데기로 안경태를 만든 돋보기.

로이도 돗보기 : 미국의 희극 배우. 해롤드 로이드(1893~1971). 로이드 안경에 맥고
모자 차림으로 1920년대 평균적 미국인을 표현함. 채플린, 키튼과 함께 3대 희극왕
으로 불림. 주연 작품으로 '로이드의 수명', '로이드의 활동광'. 미국의 희극 영화 배
우 로이드(H.Loyd)가 영화 속에서 끼었던 안경에서 유래.

쇠리쇠리한 : 눈이 부신. 눈이 시우린, 눈이 시린

안동(安東)

이방(異邦) 거리는
비오듯 안개가 나리는 속에
안개 같은 비가 나리는 속에

이방(異邦) 거리는
콩기름 쫄이는 내음새 속에
섶누에 번디 삶는 내음새 속에

이방(異邦) 거리는
독기날 벼르는 돌물레 소리 속에
되광대 켜는 되양금 소리 속에

손톱을 시펄하니 길우고 기나긴 창꽈쯔를 즐즐 끌고 싶었다
만두(饅頭)꼬깔을 눌러쓰고 곰방대를 물고 가고 싶었다

이왕이면 향(香)내 높은 취향리(梨) 돌배 움퍽움퍽 씹으며
머리채 츠렁츠렁 발굽을 차는 꾸냥과 가즈런히 쌍마차(雙馬
車) 몰아가고 싶었다

섶누에 번디 : 섶누에(산누에)의 번데기.

돌물레 : 칼, 도끼, 가위 등의 무뎌진 날을 벼리게 만든 회전숫돌.

되양금 : 중국의 현악기로 양금과 비슷하다.

시펄하니 : 시퍼렇게. 위풍이나 권세가 당당하게.

창꽈쯔 : 장쾌자(長掛子). 중국식 긴 저고리.

만두(饅頭)고깔 : 만두 모양의 고깔.

취향리(梨) : 중국의 배. 맛이 좋음.

돌배 : 야생 배나무에서 나는 열매.

꾸냥 : 중국 처녀.

함남도안(咸南道安)

고원선(高原線) 종점(終點)인 이 작은 정거장(停車場)엔
그렇게도 우쭐대며 달가불시며 뛰어오던 뿡뿡차(車)가
가이없이 쓸쓸하니도 우두머니 서 있다

해빛이 초롱불같이 희맑은데
해정한 모래부리 플랫폼에선
모두들 쩔쩔 끓는 구수한 귀이리차(茶)를 마신다

칠성(七星)고기라는 고기의 쩜벙쩜벙 뛰노는 소리가
쨋쨋하니 들려오는 호수(湖水)까지는
들죽이 한불 새까마니 익어가는 망연한 벌판을 지나가야
한다

도안 : 함경남도 신흥군(지금은 부안군) 부전강을 막아 개마고원 아래의 부전고원 위
  에 만든 인공호수인 부전호수 아래에 위치해 있다.

고원선 : 함흥에서 부전고원까지 놓여 있는 신흥선을 말함.

가붐시며 : 작은 몸집으로 격에 맞지 않게 자꾸 까붊며.

뽕뽕차 : 기동차(汽動車).

우두머니 : 우두커니.

해정한 : 깨끗하고 맑은.

모래부리 : 모래톱.

귀이리 : 귀리. 포아풀과의 일년생 또는 이년생 재배식물.

칠성고기 : 망둥이 사촌쯤 되는 고기. 물 위를 뛰어 가는 버릇이 있다.

깻깻하니 : 아주 선명하게.

들죽 : 들쭉. 들쭉나무의 열매. 진홍색으로 단맛과 신맛이 함께 느껴지며 그냥 먹거나
  술을 담가 먹는다.

한불 : 상당히 많은 것들이 한 표면을 덮고 있는 상태.

제4부

자작나무

산골집은 대들보도 기둥도 문살도 자작나무다

밤이면 캥캥 여우가 우는 산(山)도 자작나무다

그 맛있는 모밀국수를 삶는 장작도 자작나무다

그리고 감로(甘露)같이 단샘이 솟는 박우물도 자작나무다

산(山)너머는 평안도(平安道)땅도 뵈인다는 이 산(山)골은

온통 자작나무다

삼호(三湖)
– 물닭의 소리 1

문기슭에 바다해자를 까꾸로 붙인 집
산듯한 청삿자리 위에서 찌륵찌륵
우는 전복회를 먹어 한여름을 보낸다

이렇게 한여름을 보내면서 나는 하늑이는
물살에 나이금이 느는 꽃조개와 함께
허리도리가 굵어가는 한 사람을 연연해 한다

삼호 : 함경남도 홍원군 남단에 위치한 유명한 명태어장으로 이곳에서 백석은 한여름
  을 보내었다.
청삿자리 : 푸른 왕골로 짠 삿자리
하늑이는 : 하느적거리는. 가늘고 길고 부드러운 나뭇가지 같은 것이 계속하여 가볍
  고 경쾌하게 흔들리는 모양.
나이금 : 나이테. 연륜.

물계리(物界里)

− 물닭의 소리 2

물밑 − 이 세모래 닌함박은 콩조개만 일다

모래장변 − 바다가 널어놓고 못미더워 드나드는 명주필

을 짓궂이 발뒤축으로 찢으면

날과 씨는 모두 양금줄이 되어 짜랑짜랑 울었다

물계리 : 함경남도 해안가의 백사장.

세모래 : 가늘고 고운 모래

닌함박 : 이남박. 쌀같은 것을 씻어 일 때 쓰는 안턱에 이가 서게 여러 줄로 돌려 판 함

　　　지박의 하나. 쌀을 일 때 쓰이는 바가지의 일종.

콩조개 : 아주 작은 조개.

양금 : 사다리꼴의 넓적한 오동나무 통 위에 56개의 줄로 이어진 현악기.

대산동(大山洞)

- 물닭의 소리 3

비애고지 비애고지는

제비야 네 말이다

저 건너 노루섬에 노루 없드란 말이지

신미두 삼각산엔 가무래기만 나드란 말이지

비애고지 비애고지는

제비야 네 말이다

푸른 바다 흰 한울이 좋기도 좋단 말이지

해맑은 모래장변에 돌비 하나 섰단 말이지

비애고지 비애고지는

제비야 네 말이다

눈빨갱이 갈매기 발빨갱이 갈매기 가란 말이지

승냥이처럼 우는 갈매기

무서워 가란 말이지

대산동 : 평북 정주군 덕언면에 있는 동네. 백석이 태어난 갈산면 익성동 바로 위에 있음.

비얘고지 : 증봉동 근처에 있는 마을. 정확히는 덕언면 신창동으로 옛날에는 '비파부
  락'이라고 불렀음. 그러나 여기서는 제비의 지저귐 소리로 파악된다. 시인이 비애고
  지라는 마을을 염두에 두고 의도적으로 쓴 의성로 볼 수 있다.

신미두 : 평북 신천군 운종면(雲從面)에 속한 큰 섬. 조기의 명산지이기도 함.

가무래기 : 새까맣게 동그란 조개 .

돌비 : 돌로 세운 비석.

남향(南鄕)

– 물닭의 소리 4

푸른 바닷가의 하이얀 하이얀 길이다

아이들은 늘늘히 청대나무말을 몰고
대모풍잠한 늙은이 또요 한 마리를 드리우고 갔다

이 길이다

얼마가서 감로(甘露) 같은 물이 솟는 마을 하이얀 회담벽
에 옛적본의 장반시계를 걸어놓은 집 홀어미와 사는 물새
같은 외딸의 혼삿말이 아즈랑이같이 낀 곳은

청대나무말 : 잎이 달린 아직 푸른 대나무를 어린이들이 말이라 하여 가랑이에 넣어
　　서 끌고 다니며 노는 죽마(竹馬).
대모풍잠(玳瑁風簪) : 대모갑으로 만든 풍잠.
또요 : 도요새. 도요과에 속하는 새의 총칭. 강변의 습기 많은 곳에 살고 다리, 부리가
　　길며 꽁지가 짧음.
장반시계 : 쟁반같이 생긴 둥근 시계.

야우소회(夜雨小懷)

－ 물닭의 소리 5

캄캄한 비 속에

새빨간 달이 뜨고

하이얀 꽃이 피고

먼바루 개가 짖는 밤은

어데서 물외 내음새 나는 밤이다

캄캄한 비 속에

새빨간 달이 뜨고

하이얀 꽃이 피고

먼바루 개가 짖고

어데서 물외 내음새 나는 밤은

나의 정다운 것들 가지, 명태, 노루, 뫼추리, 질동이, 노랑
나븨, 바구지꽃, 모밀국수, 남치마, 자개짚세기 그리고 천희
(千姬)라는 이름이 한없이 그리워지는 밤이로구나

먼바루 : 먼발치기. 조금 멀찍이 떨어져 있는 곳.

물외 : 오이

자개짚세기 : 작고 예쁜 조개껍데기들을 주워 짚신에 그득히 담아 둔 것.

꼴두기

– 물닭의 소리 6

신새벽 들망에
내가 좋아하는 꼴두기가 들었다
갓 쓰고 사는 마음이 어진데
새끼 그물에 걸리는 건 어인 일인가

갈매기 날어온다

입으로 먹을 뿜는 건
몇 십 년 도를 닦어 피는 조환가
앞뒤로 가기를 마음대로 하는 건
손자(孫子)의 병서(兵書)도 읽은 것이다.
갈매기 쫑얼댄다

그러나 시방 꼴두기는 배창에 너부러져 새새끼 같은 울음
을 우는 곁에서
뱃사람들의 언젠가 아홉이서 회를 쳐먹고도 남어 한 깃씩
노나가지고 갔다는 크디큰 꼴두기의 이야기를 들으며 나는
슬프다

갈매기 날어난다

들망 : 후릿그물. 바다나 큰 강물에 넓게 둘러치고 여러 사람이 그 두 끝을 끌어당기어
    물고기를 잡는 큰 그물
깃 : 각기 앞으로 돌아오는 몫. 자기가 차지할 물건.

머리카락

큰마니야 네 머리카락 엄매야 네 머리카락 삼춘 엄매야
네 머리카락

머리 밎고 빗덥에서 꽁지는 머리카락

큰마니야 엄매야 삼촌엄매야

머리카락을 텅납새에 끼우는 것은

큰마니 머리카락은 우룻간 텅납새에 엄매 머리카락은 웃
깐 텅납새에 삼촌엄매 머리카락도 웃깐 텅납새에 텅납새에
끼우는 것은

큰마니야 엄매야 삼촌엄매야

일은 봄철 산넘어 먼데 해변에서 가무래기 오면

흰가무래기 검가무래기 가무래기 사서 하리불에 구워 먹
잔 말이로구나

큰마니야 엄매야 삼촌엄매야

머리카락을 텅납새에 끼우는 것은 또

구시월 황하두서 황하당세 오면

막대침에 가는 세침 바늘이며 취월옥색 꼭두손이 연분홍
물감도 사잔 말이로구나

큰마니 : 큰 엄마

삼촌엄매 : 작은 엄마

빗덥 : 빗살 사이

꽁지는 : 뭉쳐지는

텅납새 : 추녀

아룻간 : 아래 칸

일은 : 이른

가무래기 : 모시조개

하리불 : 화롯불

황하도 : 황해도

황하당세 : 비녀 노리개 등 여성용품을 파는 황아장수

가무래기의 락(樂)

가무락조개 난 뒷간거리에

빛을 얻으려 나는 왔다

빛이 안 되어 가는 탓에

가무래기도 나도 모도 춥다

추운 거리의 그도 추운 능당 쪽을 걸어가며

내 마음은 웃줄댄다 그 무슨 기쁨에 웃줄댄다

이 추운 세상의 한 구석에

맑고 가난한 친구가 하나 있어서

내가 이렇게 추운 거리를 지나온 걸

얼마나 기뻐하며 락단하고

그즈런히 손깍지베개하고 누어서

이 못된 놈의 세상을 크게 크게 욕할 것이다

가무래기 : 모시조개.

빛 : 햇빛.

가무락조개 : 가무래기. 모시조개.

뒷간거리 : 가까운 거리에. 가까운 거리를 뜻함.

능당 : 능달(응달).

락단하고 : 즐거워서 손뼉을 치고.

멧새 소리

처마끝에 명태(明太)를 말린다

명태(明太)는 꽁꽁 얼었다

명태(明太)는 길다랗고 파리한 물고긴데

꼬리에 길다란 고드름이 달렸다

해는 저물고 날은 다 가고 별은 서러웁게 차갑다

나도 길다랗고 파리한 명태(明太)다

문(門)턱에 꽁꽁 얼어서

가슴에 길다란 고드름이 달렸다

박각시 오는 저녁

당콩밥에 가지냉국의 저녁을 먹고 나서

바가지꽃 하이얀 지붕에 박각시 주락시 붕붕 날아오면

집은 안팎 문을 행하니 열어젖기고

인간들은 모두 뒷등성으로 올라 멍석자리를 하고 바람을 쐬이는데

풀밭에는 어느새 하이얀 대림질감들이 한불 널리고

돌우래며 팟중이 산옆이 들썩하니 울어댄다

이리하여 한울에 별이 잔콩 마당같고

강낭밭에 이슬이 비 오듯 하는 밤이 된다

박각시 : 박각시나방. 해질 무렵에 나와서 주로 박꽃 등을 찾아 다니며 긴 주둥아리 호
스로 꿀을 빨아 먹으며 공중에 난다. 날면서 먹이를 먹는 까닭에언제나 소리가 붕붕
하게 크게 난다.

주락시 : 주락시 나방.

한불 : 상당히 많은 것들이 한 표면을 덮고 있는 상태.

돌우래 : 말똥벌레나 땅강아지와 비슷하나 크기는 조금 더 크다. 땅을 파고 다니며 '오
르으르' 소리를 낸다. 곡식을 못 살게 굴며 특히 콩밭에 들어가서 땅을 판다.

팟중이 : 메뚜기과에 속하는 곤충으로 크기는 3.2cm~4.5cm 정도로 갈색.

가키사키(柿崎)의 바다

저녁밥때 비가 들어서
바다엔 배와 사람이 흥성하다

참대창에 바다보다 푸른 고기가 께우며 섬돌에 곱조개가
붙는 집의 복도에서는 배창에 고기 떨어지는 소리가 들렸다

이즉하니 물기에 누긋이 젖은 왕구새자리에서 저녁상을
받은 가슴 앓는 사람은 참치회를 먹지 못하고 눈물겨웠다

어득한 기슭의 행길에 얼굴이 해쓱한 처녀가 새벽달같이
아 아즈내인데 병인(病人)은 미역 냄새 나는 덧문을 닫고
버러지같이 누었다

가키사키(柿崎) : 가끼사끼. 일본 이즈반도의 최남단에 있는 항구.
아즈내 : 초저녁.

산숙(山宿)

– 산중음(山中吟) 1

여인숙(旅人宿)이라도 국수집이다

모밀가루포대가 그득하니 쌓인 웃간은 들믄들믄 더웁기
도하다.

나는 낡은 국수분틀과 그즈런히 나가 누어서

구석에 데굴데굴하는 목침(木枕)들을 베여보며

이 산(山)골에 들어와서 이 목침(木枕)들에 새까마니 때를
올리고 간 사람들을 생각한다

그 사람들의 얼골과 생업(生業)과 마음들을 생각해 본다

산숙 : 산에서의 숙박

들믄들믄 : 드믄드믄. 간혹. 때때로.

국수분틀 : 국수를 만드는 기계.

향악 (饗樂)

– 산중음 2

초생달이 귀신불같이 무서운 산(山)골거리에선

처마끝에 종이등의 불을 밝히고

쩌락쩌락 떡을 친다

감자떡이다

이젠 캄캄한 밤과 개울물 소리만이다

향악 : 제사지내는 소리.

야반(夜半)

– 산중음 3

토방에 승냥이 같은 강아지가 앉은 집
부엌으론 무럭무럭 하이얀 김이 난다.
자정도 활씬 지났는데
닭을 잡고 모밀국수를 누른다고 한다.
어늬 산(山)옆에선 캥캥 여우가 운다

야반 : 한밤중

백화(白樺)

– 산중음 4

산골집은 들보도 기둥도 문살도 자작나무다

밤이면 캥캥 여우가 우는 산(山)도 자작나무다

그 맛있는 모밀국수를 삶는 장작도 자작나무다

그리고 감로(甘露)같이 단샘이 솟는 박우물도 자작나무다

산(山)너머는 평안도(平安道)땅도 뵈인다는 이 산(山)골은

온통 자작나무다

박우물 : 바가지로 물을 뜨는 얕은 우물.

제5부

절간의 소 이야기

병이 들면 풀밭으로 가서 풀을 뜯는 소는

인간보다 영(靈)해서

열 걸음 안에

제 병을 낫게 할 약(藥)이 있는 줄을 안다고

수양산(首陽山)의 어느 오래된 절에서

칠십이 넘은 노장은

이런 이야기를 하며

치마자락의 산나물을 추었다

동뇨부(童尿賦)

봄철날 한종일내 노곤하니 벌불 장난을 한 날 밤이면 으레
히 싸개동당을 지나는데 잘망하니 누어 싸는 오줌이 넙적다
리를 흐르는 따근따근한 맛 자리에 평하니 괴이는 척척한 맛

첫여름 이른 저녁을 해치우고 인간들이 모두 터앞에 나와
서 물외포기에 당콩포기에 오줌을 주는 때 터앞에 밭마당에
샛길에 떠도는 오줌의 매캐한 재릿한 내음새

긴긴 겨울밤 인간들이 모두 한잠이 들은 재밤중에 나 혼
자 일어나서 머리맡 쥐발 같은 새끼요강에 한없이 누는 잘
매럽던 오줌의 사르릉 쪼로록 하는 소리

그리고 또 엄매의 말엔 내가 아직 굳은 밥을 모르던 때 살
갗 퍼런 막내고무가 잘도 받어 세수를 하였다는 내 오줌빛
은 이슬같이 샛말갛기도 샛맑았다는 것이다

벌불 : 들불

싸개동당 : 오줌을 참다가 기어코 싸는 장소.

잘망하니 : 얄미우면서도 (앙증스런 모습), 얄밉게도.

물외 : 오이를 '참외'에 대하여 구별해 이르는 말.

당콩 : 강낭콩.

재방중 : 한밤중.

쥐발 같은 : 쥐발같이 앙증맞은.

마을은 맨천 귀신이 돼서

나는 이 마을에 태어나기가 잘못이다
마을은 맨천 귀신이 돼서
나는 무서워 오력을 펼 수 없다
자 방안에는 성주님
나는 성주님이 무서워 토방으로 나오면 토방에는 디운구신
나는 무서워 부엌으로 들어가면 부엌에는 부뚜막에 조앙님

나는 뛰쳐나와 얼른 고방으로 숨어 버리면 고방에는 또 시렁에 데석님
나는 이번에는 굴통 모퉁이로 달아가는데 굴통에는 굴대 장군
얼혼이 나서 뒤울 안으로 가면 뒤울 안에는 곱새녕 아래 털능구신
나는 이제는 할 수 없이 대문을 열고 나가려는데
대문간에는 근력 세인 수문장

나는 겨우 대문을 삐쳐나 바깥으로 나와서
밭 마당귀 연자간 앞을 지나가는데 연자간에는 또 연자당 구신

나는 고만 질겁을 하여 큰 행길로 나서서

마음 놓고 화리서리 걸어가다 보니

아아 말 마라 내 발뒤축에는 오나가나 묻어 다니는 달걀구신

마을은 온데간데 구신이 돼서 나는 아무데도 갈 수 없다

오력 : 오금. 무릎의 구부리는 안 쪽.

디운구신 : 지운(地運) 귀신. 땅의 운수를 맡아본다는 민간의 속신.

조앙님 : 조왕(竈王)님. 부엌을 맡은 신. 부엌에 있으며 모든 길흉을 판단함.

데석님 : 제석신(帝釋神). 무당이 받드는 가신제(家神祭)의 대상인 열두 신. 한 집안
  사람들의 수명, 곡물, 의류, 화복 등에 관한 일을 맡아본다 함.

굴통 : 굴뚝.

굴대장군 : 굴때장군. 키가 크고 몸이 남달리 굵은 사람. 살빛이 검거나 옷이 시퍼
렇게 된 사람.

얼혼이 나서 : 정신이 나가 멍해져서.

곱새녕 : 초가의 용마루나 토담 위를 덮는 짚으로, 지네 모양으로 엮은 이엉.

털능구신 : 철륜대감(鐵輪大監). 대추나무에 있다는 귀신.

연자간 : 연자맷간. 연자매를 차려 놓고 곡식을 찧거나 빻는 큰 매가 있는 장소.

연자당구신 : 연자간을 맡아 다스리는 신.

디겁을 하며 : 질겁을 하며

화리서리 : 마음 놓고 팔과 다리를 휘젓듯이 흔들면서.

나와 지렁이

내 지렁이는

커서 구렁이가 되었습니다

천년 동안만 밤마다 흙에 물을 주면 그 흙이 지렁이가 되었습니다

장마지면 비와 같이 하늘에서 나려왔습니다.

뒤에 붕어와 농다리의 미끼가 되었습니다

내 이과책에서는 암컷과 수컷이 있어서 새끼를 낳았습니다

지렁이의 눈이 보고 싶습니다

지렁이의 밥과 집이 부럽습니다

농다리 : 늪에 사는 제일 작은 물고기.

하답(夏畓)

짝새가 발뿌리에서 날은 논드렁에서 아이들은 개구리의
뒷다리를 구어먹었다

게구멍을 쑤시다 물큰하고 배암을 잡은 늪의 피 같은 물
이끼에 햇볕이 따그웠다

돌다리에 앉어 날버들치를 먹고 몸을 말리는 아이들은 물
총새가 되었다

짝새 : 뱁새. 박새과에 딸린 작은 새.
늪 : 늪.
버들치 : 버들개.
물총새 : 하천, 산개울 등에 서식하며 물고기, 개구리, 곤충 등을 잡아먹는 한국의 새.

연자간

달빛도 거지도 도적개도 모다 즐겁다
풍구재도 얼럭소도 쇠드랑볕도 모다 즐겁다

도적괭이 새끼락이 나고
살진 쪽제비 트는 기지개 길고

홰냥닭은 알을 낳고 소리 치고
강아지는 겨를 먹고 오줌 싸고

개들은 게모이고 쌈지거리하고
놓여난 도야지 등구재벼 오고

송아지 잘도 놀고
까치 보해 짖고

신영길 말이 울고 가고
장돌림 당나귀도 울고 가고

대들보 위에 베틀도 채일도 토리개도 모도들 편안하니

구석구석 후치도 보십도 소시랑도 모도들 편

연자간 : 둥글고 판판한 돌판 위에 그보다 작고 둥근 돌을 옆으로 세우고, 이를 마소가
 끌어 돌림으로써 곡식을 찧는 연장을 연자매라 하며, 연자매로 곡식을 찧는 방앗간
 을 연자간이라 한다.

풍구재 : 풍구. 곡물로부터 쭉정이, 겨, 먼지 등을 제거하는 농구

쇠드랑볕 : 쇠스랑볕. 쇠스랑 형태의 창살로 들어와 실내의 바닥에 비치는 햇살.

도적괭이 : 도둑 고양이.

새끼락 : 커지며 나오는 손톱, 발톱.

홰낭닭 : 홰에 올라앉는 닭.

둥구재벼오고 : 둥구잡혀 오고. 물동이를 안고 오는 것처럼 잡혀 오고.

보해 : 뽀뽀해. 뻔질나게 연달아 자주 드나드는 모양. 혹은 물건 같은 것을 쉴 사이 없
 이 분주하게 옮기며 드나드는 모양.

신영길 : 혼례식에 참석할 새신랑을 모시러 가는 행차

채일 : 차일(遮日).

토리개 : 씨아. 목화의 씨를 빼는 기구.

후치 : 훌칭이. 극제이. 쟁기와 비슷하나 보습 끝이 무디고 술이 곧게 내려감. 쟁기로
 갈아놓은 논밭에 골을 타거나 흙이 얕은 논밭을 가는 데 씀.

보십 : 보습. 쟁기나 곡괭이의 술바닥에 맞추는 삽 모양의 쇳조각.

소시랑 : 쇠스랑.

절간의 소 이야기

병이 들면 풀밭으로 가서 풀을 뜯는 소는 인간보다 영(靈)
해서 열 걸음 안에 제 병을 낫게 할 약(藥)이 있는 줄을 안다고

수양산(首陽山)의 어느 오래된 절에서 칠십이 넘은 노장
은 이런 이야기를 하며 치마자락의 산나물을 추었다

수양산 : 황해도 벽성군 서석면과 해주시(현 황해남도 신원군과 해주시)에 걸쳐 있는
산. 높이 899m.
추었다 : 추스렸다.

오리

오리야 네가 좋은 청명(淸明) 밑께 밤은
옆에서 누가 뺨을 쳐도 모르게 어둡다누나
오리야 이때는 따디기가 되어 어둡단다

아무리 밤이 좋은들 오리야
해변벌에선 얼마나 너이들이 욱자지껄하며 멕이기에
해변땅에 나들이 갔든 할머니는
오리새끼들은 장똘이나 하듯이 떠들썩하니 시끄럽기도
하드란 숭인가

그래도 오리야 호젓한 밤길을 가다
가까운 논배미 들에서
까알까알 하는 너이들의 즐거운 말소리가 나면
나는 내 마을 그 아는 사람들의 지껄지껄하는 말소리같이
반가웁고나
오리야 너이들의 이야기판에 나도 들어
밤을 같이 밝히고 싶고나
오리야 나는 네가 좋구나 네가 좋아서
벌논의 늪 옆에 쭈구렁 벼알 달린 짚검불을 널어놓고

닭이짖 올코에 새끼달은치를 묻어놓고
동둑넘에 숨어서
하로진일 너를 기다린다

오리야 고운 오리야 가만히 안겼거라
너를 팔어 술을 먹는 노(盧)장에 영감은
홀아비 소의연 침을 놓는 영감인데
나는 너를 백동전 하나 주고 사오누나

나를 생각하든 그 무당의 딸은 내 어린 누이에게
오리야 너를 한쌍 주드니
어린 누이는 없고 저는 시집을 갔다건만
오리야 너는 한쌍이 날어가누나

따디기 : 한낮의 뜨거운 햇빛 아래 흙이 풀려 푸석푸석한 저녁 무렵.

멕이기에 : '고정되지 않고 움직이다'는 뜻의 평북 방언. '쏘다니다'의 뜻으로도 쓰임

장몽이 : 장날이 되어 장터에 사람들이 와글와글 모여 붐비는 것.

논배미 : 논의 한 구역으로 논과 논 사이를 구분한 것.

늪 : 진흙탕. 늪. 못

닭이짖 올코 : 닭의 깃털을 붙여서 만든 올가미.

새끼달은치 : 새끼다랑치. 새끼줄을 엮어서 만든 끈이 달린 바구니.

동둑 : 못에 쌓는 큰 둑. 동(垌)둑. 방죽.

하로진일 : 하루종일.

소의연 : 소의원. 소의 병을 침술로 낫게 해주던 사람.

노루

산골에서는 집터를 츠고 달궤를 닦고
보름달 아래서 노루고기를 먹었다

츠고 : 치우고.
달궤 : 달구질. 달구로 집터나 땅을 단단히 다지는 일.

개

접시 귀에 소기름이나 소뿔등잔에 아즈까리 기름을 켜는
마을에서는 겨울밤 개 짖는 소리가 반가웁다.

이 무서운 밤을 아래웃방성 마을 돌아다니는 사람은 있어
개는 짖는다

낮배 어니메 치코에 꿩이라도 걸려서 산(山)너머 국수집
에 국수를 받으려 가는 사람이 있어도 개는 짖는다

김치 가재미선 동치미가 유별히 맛나게 익는 밤

아배가 밤참 국수를 받으려 가면 나는 큰마니의 돋보기를
쓰고 앉어 개 짖는 소리를 들은 것이다

아래웃방성 : 방성(榜聲). 방꾼이 방(알리는 말)을 전하려고 아래윗마을로 다니면서
    크게 외치는 소리.
낮배 : 낮에. 한낮 무렵.
어니메 : 어느 곳에
치코 : 키에 얽어맨 새잡이 그물의 촘촘한 코.
가재미선 : 가자미식혜.
큰마니 : 할머니.

오리 망아지 토끼

　오리치를 놓으려 아배는 논으로 내려간 지 오래다
　오리는 동비탈에 그림자를 떨어트리며 날아가고 나는 동
말랭이에서 강아지처럼 아배를 부르며 울다가
　시악이 나서는 등뒤 개울물에 아배의 신짝과 버선목과 대
님오리를 모다 던져 버린다

　장날 아침에 앞 행길로 엄지 따라 지나가는 망아지를 내
라고 나는 조르면
　아배는 행길을 향해서 크다란 소리로
　ㅡㅡ 매지야 오나라
　ㅡㅡ 매지야 오나라

　새하려 가는 아배의 지게에 지워 나는 산으로 가며 토끼
를 잡으리라고 생각한다
　맞구멍난 토끼굴을 아배와 내가 막어서면 언제나 토끼새
끼는 내 다리 아래로 달아났다
　나는 서글퍼서 울상을 한다

오리치 : 야생 오리를 잡으려고 만든 그물. 오리가 잘 다니는 물가에 세워 놓은 것으로
　삼베로 노끈을 해서 만든 동그런 올가미.

동말랭이 : 논에 물이 흘러 들어가는 도랑의 뚝.

시악(恃惡) : 마음속에서 공연히 생기는 심술.

매지 : 망아지.

새하다 : 땔나무를 장만하다.

오금덩이라는 곳

  어스름저녁 국수당 돌각담의 수무나무 가지에 녀귀의 탱을 걸고 나물매 갖추어 놓고 비난수를 하는 젊은 새악시들
   – 잘 먹고 가라 서리서리 물러가라 네 소원 풀었으니 다시 침노 말아라

  벌개늪역에서 바리깨를 뚜드리는 쇳소리가 나면 누가 눈을 앓어서 부증이 나서 찰거마리를 부르는 것이다
  마을에서는 피성한 눈숡에 저린 팔다리에 거마리를 붙인다

  여우가 우는 밤이면
  잠없는 노친네들은 일어나 팥을 깔이며 방뇨를 한다
  여우가 주둥이를 향하고 우는 집에서는 다음날 으레히 흉사가 있다는 것은 얼마나 무서운 말인가

국수당 : 마을의 본향당신(부락 수호신)을 모신 집. 서낭당.

녀귀 : 여귀(癘鬼). 못된 돌림병에 죽은 사람의 귀신. 제사를 받지 못하는 귀신.

나물매 : 나물과 밥.

비난수 : 귀신의 원혼을 달래주며 비는 말과 행위.

서리서리 : 여기저기 사려놓은 모양. 또는 사려 있는 모양.

벌개늪 : 빨건 빛깔의 이끼가 덮여 있는 오래된 늪.

바리깨 : 주발 뚜껑.

부증 : 심장병, 신장병, 국부, 혈액순환부족 등으로 전신 또는 국부의 몸이 퉁퉁 붓는
    병. 부종(浮腫).

피성한 : 피멍이 크게 든.

눈숡 : 눈시울. 눈의 언저리의 속눈썹이 난 곳.

팥을 깔이며 : 햇볕에 말리려고 멍석 위에 넘어둔 팥을 손으로 이리저리 쓸어 모으거
    나 펴는 것을 말함. 여기서는 오줌 누는 소리에 비유함.

수박씨, 호박씨

어진 사람이 많은 나라에 와서
어진 사람의 짓을 어진 사람의 마음을 배워서
수박씨 닦은 것을 호박씨 닦은 것을 입으로 앞니빨로 밝
는다

수박씨 호박씨를 입에 넣는 마음은
참으로 철없고 어리석고 게으른 마음이나
이것은 또 참으로 밝고 그윽하고 깊고 무거운 마음이라
이 마음 안에 아득하니, 오랜 세월이 아득하니, 오랜 지혜
가 또 아득하니 오랜 인정(人情)이 깃들인 것이다.
태산(泰山)의 구름도 황하(黃河)의 물도 옛임금의 땅과 나
무의 덕도 이 마음 안에 아득하니 뵈이는 것이다

이 작고 가벼웁고 갤족한 희고 까만 씨가
조용하니 또 도고하니 손에서 입으로 입에서 손으로 오르
나리는 때
벌에 우는 새소리도 듣고 싶고, 거문고도 한 곡조 뜯고 싶
고, 한 오천(五千)말 남기고 함곡관(函谷關)도 넘어가고 싶고

기쁨이 마음에 뜨는 때는 희고 까만 씨를 앞니로 까서 잔
나비가 되고

　근심이 마음에 앉는 때는 희고 까만 씨를 혀끝에 물어 까
막까치가 되고

　어진 사람이 많은 나라에서는

　오두미(五斗米)를 버리고 버드나무 아래로 돌아온 사람도

　그 옆차개에 수박씨 닦은 것은 호박씨 닦은 것은 있었을
것이다

　나물 먹고 물 마시고 팔베개하고 누었던 사람도

　그 머리맡에 수박씨 닦은 것은 호박씨 닦은 것은 있었을
것이다

밝는다 : 껍질을 벗겨 속에 들어 있는 알맹이를 집어내다.

도고하니 : 도고하게. 짐짓 의젓하게.

함곡관(函谷關) : 요동반도에서 북경으로 가는 길목. 예로부터 교통의 요지.

오두미(五斗米) : 도연명의 월급. 당시 현감의 월급이 오두미에 해당되었음

옆차개 : 호주머니.

황일(黃日)

한 십리(十里) 더 가면 절간이 있을 듯한 마을이다. 낮 기울은 볕이 장글장글하니 따사하다. 흙은 젖이 커서 살같이 깨서 아지랑이 낀 속이 안타까운가 보다. 뒤울 안에 복사꽃 핀 집엔 아무도 없나 보다. 뷔인 집에 꿩이 날어와 다니나 보다. 울밖 늙은 들매낡에 튀튀새 한불 앉었다. 흰구름 따러가며 딱장벌레 잡다가 연두빛 닢새가 좋아 올라왔나 보다. 밭머리에도 복사꽃 피였다. 새악시도 피였다. 새악시 복사꽃이다. 복사꽃 새악시다. 어데서 송아지 매—하고 운다. 골갯논드렁에서 미나리 밟고 서서 운다. 복사나무 아래 가 흙장난하며 놀지 왜 우노. 자개밭둑에 엄지 어데 안 가고 누었다. 아릇동리선가 말 웃는 소리 무서운가, 아릇동리 망아지 네 소리 무서울라. 담모도리 바윗잔등에 다람쥐 해바라기하다 조은다. 토끼잠 한잠 자고 나서 세수한다. 흰구름 건넌산으로 가는 길에 복사꽃 바라노라 섰다. 다람쥐 건넌산 보고 부르는 푸념이 간지럽다

　저기는 그늘 그늘 여기는 챙챙—
　저기는 그늘 그늘 여기는 챙챙—

들매나무 : 산딸나무. 충충나무과에 속하며, 정원수로 심고 열매는 식용함.

튀튀새 : 티티새. 자빠귀. 개똥지빠귀. 10-11월에 떼를 지어 도래하여 겨울에는 낮은 산, 평지, 밭, 풀밭 등에서 살며 다른 새의 울음소리를 흉내냄.

한불 : 상당히 많은 것들이 한 표면을 덮고 있는 상태.

아릇동리 : 아랫동네.

담모도리 : 담 모서리.

햇강아지의 쌀랑대는 성화를 받어가며

닭의 똥을 주어먹는

아이를 생각한다

촌에서 와서 오늘 아침

무엇이 분해서 우는 아이여

너는 분명히

하늘이 사랑하는 시인(詩人)이나

농사꾼이 될 것이로다

창의문외(彰義門外)

　무이밭에 흰나비 나는 집 밤나무 머루넝쿨 속에 키질하는
소리만이 들린다
　우물가에서 까치가 자꾸 짖거니 하면
　붉은 수탉이 높이 샛더미 위로 올랐다
　텃밭가 재래종의 임금(林檎)나무에는 이제도 콩알만한 푸
른 알이 달렸고 히스무레한 꽃도 하나 둘 피여 있다
　돌담 기슭에 오지항아리 독이 빛난다

창의문 : 서울 종로구 청운동에 있는 문. 북문(北門) 또는 자하문(紫霞門)으로도 불린다.
무이밭 : 무밭.
샛더미 : 빈터에 높다랗게 쌓아놓은 땔감더미.
임금(林檎)나무에는 : 능금(사과)나무에는.
오지항아리 : 흙으로 초벌 구운 위에 오짓물을 입혀 구운 항아리.

삼방(三防)

갈부던 같은 약수(藥水)터의 산거리엔 나무그릇과 다래나무 지팽이가 많다

산너머 십오리(十五里)서 나무뒝치 차고 싸리신 신고 산(山)비에 촉촉이 젖어서 약(藥)물을 받으려 오는 두멧아이들도 있다

아랫마을에서는 애기무당이 작두를 타며 굿을 하는 때가 많다

갈부던 : 갈잎으로 엮어 만든 장신구.

정문촌(旌門村)

주홍칠이 날은 정문(旌門)이 하나 마을 어구에 있었다

'孝子盧迪之之旌門(효자노적지지정문)' – 먼지가 겹겹
이 앉은 목각(木刻)의 액(額)에 나는 열 살이 넘도록 갈지자
(字) 둘을 웃었다

아카시아꽃의 향기가 가득하니 꿀벌들이 많이 날어드는
아침
구신은 없고 부엉이가 담벽을 띠쫗고 죽었다

기왓골에 배암이 푸르스름히 빛난 달밤이 있었다
아이들은 쪽재피같이 먼길을 돌았다

정문(旌門)집 가난이는 열다섯에
늙은 말꾼한데 시집을 갔겄다

노적지(盧迪之) : 평안북도 정주 지방에서 살던 노씨 집안이 배출한 효자라 함. 조정에서 정문(旌門)을 세워 표창까지 했다 함.

정문(旌門) : 충신·효자열녀 등을 표창하기 위하여 그의 집 앞이나 마을 앞에 세우던 붉은 문. 작설(綽楔) 홍문(紅門).

띠쫗고 : 치쪼고. 뾰족한 부리로 위를 향해 잇따라 쳐서 찍고.

탕약(湯藥)

눈이 오는데
토방에서는 질화로 위에 곱돌탕관에 약이 끓는다
삼에 숙변에 목단에 백복령에 산약에 택사의 몸을 보한다
는 육미탕(六味湯)이다
약탕관에서는 김이 오르며 달큼한 구수한 향기로운 내음
새가 나고
약이 끓는 소리는 삐삐 즐거웁기도 하다

그리고 다 달인 약을 하이얀 약사발에 밭어놓은 것은
아득하니 깜하야 만년(萬年) 옛적이 들은 듯한데
나는 두 손으로 고히 약그릇을 들고 이 약을 내인 옛사람
들을 생각하노라면
내 마음은 끝없이 고요하고 또 맑어진다

곱돌탕관 : 광택이 나는 곱돌을 깍아서 만든 약탕관

숙변 : 숙지황(熟地黃). 한약재의 한 가지.

백복령(白茯苓) : 솔뿌리에 기생하는 복령에서 나오는 한약재. 땀과 오줌의 조절에
효험이 있고 담증, 부증, 습증, 설사 등에 쓰임.

산약 : 마의 뿌리. 강장제(强壯劑)이며 유정(遺精), 몽설(夢泄), 요통, 살사 등에 쓰
임.

택사 : 택사과에 속하는 다년초로 한약재에 쓰임. 늪이나 논에서 저절로 나는데, 땅밑
의 괴경(塊莖)은 작고 잎은 장병전형(長柄箭刑)임. 택사의 뿌리는 약재로 쓰이며
성질은 조금 차고 이수도(利水道), 습증(濕 症), 부종(浮腫) 따위에 쓰임.

이두국주가도(伊豆國湊街道)

옛적본의 휘장마차에
어느메 촌중의 새 새악시와도 함께 타고
먼 바닷가의 거리로 간다는데
금귤이 눌한 마을마을을 지나가며
싱싱한 금귤을 먹는 것은 얼마나 즐거운 일인가

이두국주가도 : 일본 시즈오카현 동부에 있는 이즈 지방의 항구도로, 이두국은 이즈
　　반도 지방을 가리키며 주가도는 '항구의 큰 도로'라는 뜻임.
옛적본 : 옛날 분위기. 고전풍.
휘장마차 : 휘장을 두른 마차.
어느메 : 어느 곳
금귤 : 작은 귤의 한 종류.
눌한 : 빛이 흐리게 누르스름한.

국수

눈이 많이 와서

산엣새가 벌로 나려 멕이고

눈구덩이에 토끼가 더러 빠지기도 하면

마을에는 그 무슨 반가운 것이 오는가 보다

한가한 애동들은 어둡도록 꿩사냥을 하고

가난한 엄매는 밤중에 김치가재미로 가고

마을을 구수한 즐거움에 사서 은근하니 흥성흥성 들뜨게
하며

이것은 오는 것이다

이것은 어느 양지귀 혹은 능달쪽 외따른 산옆 은댕이 예
데가리밭에서

하룻밤 뽀오햔 흰김 속에 접시귀 소기름불이 뿌우현 부엌에

산멍에 같은 분틀을 타고 오는 것이다

이것은 아득한 옛날 한가하고 즐겁든 세월로부터

실 같은 봄비 속을 타는 듯한 여름볕 속을 지나서 들쿠레
한 구시월 갈바람 속을 지나서

대대로 나며 죽으며 죽으며 나며 하는 이 마을 사람들의
으젓한 마음을 지나서 텁텁한 꿈을 지나서

지붕에 마당에 우물둔덩에 함박눈이 푹푹 쌓이는 어느 하

로밤

　아배 앞에 그 어린 아들 앞에 아배 앞에는 왕사발에 아들 앞에는 새끼사발에 그득히 사리워 오는 것이다

　이것은 그 곰의 잔등에 업혀서 길여났다는 먼 옛적 큰마니가

　또 그 집등색이에 서서 재채기를 하면 산넘엣 마을까지 들렸다는

　먼 옛적 큰 아바지가 오는 것같이 오는 것이다

　아, 이 반가운 것은 무엇인가

　이 히수무레하고 부드럽고 수수하고 심심한 것은 무엇인가

　겨울밤 쩡하니 익은 동치미국을 좋아하고 얼얼한 댕추가루를 좋아하고 싱싱한 산꿩의 고기를 좋아하고

　그리고 담배 내음새 탄수 내음새 또 수육을 삶는 육수국 내음새 자욱한 더북한 샷방 쩔쩔 끓는 아르굳을 좋아하는 이것은 무엇인가

　이 조용한 마을과 이 마을의 으젓한 사람들과 살틀하니 친한 것은 무엇인가

　이 그지없이 고담(枯淡)하고 소박(素朴)한 것은 무엇인가

멕이고 : 활발히 움직이고.

김치가재미 : 겨울철 김치를 묻은 다음 얼지 않도록 그 위에 수수깡과 볏짚단으로 나무를 받쳐 튼튼하게 보호해 놓은 움막을 말하며 넓은 뜻으로는 김치독 묻어두는 곳을 의미한다.

은댕이 : 언저리.

예대가리밭 : 산의 맨 꼭대기에 있는 오래된 비탈밭.

산멍에 : 산몽아. 전설상의 커다란 뱀. 이무기.

분틀 : 국수를 짜는 (분)틀.

들쿠레한 : 좀 달고 구수하고 시원한.

사리워 : 담겨져서.

짚등색이 : 짚등석. 짚이나 칡덩굴로 짜서 만든 자리.

댕추가루 : 당초가루. 고춧가루.

탄수 : 식초.

아르궅 : 아랫목.

고담하고 : 속되지 않고 아취가 있는.

주막(酒幕)

호박잎에 싸오는 붕어곰은 언제나 맛있었다

부엌에는 빨갛게 질들은 팔(八)모알상이 그 상 위엔 새파란 싸리를 그린 눈알만한 잔(盞)이 보였다

아들 아이는 범이라고 장고기를 잘 잡는 앞니가 뻐드러진 나와 동갑이었다

울파주 밖에는 장꾼들을 따라와서 엄지의 젖을 빠는 망아지도 있었다

붕어곰 : 붕어를 알맞게 지지거나 구운 것.
질들은 : 오래 사용하여 반들반들한.
팔모알상 : 테두리가 팔각으로 만들어진 개나리소반.
장고기 : 잔고기. 농다리와 비슷하다.
울파주 : 대, 수수깡, 갈대, 싸리 등을 엮어 놓은 울타리.
엄지 : 짐승의 어미.

촌에서 온 아이

촌에서 온 아이여

촌에서 어젯밤에 승합자동차(乘合自動車)를 타고 온 아이여

이렇게 추운데 웃동에 무슨 두룽이 같은 것을 하나 걸치고 아랫도리는 쪽 발가벗은 아이여

뽈다구에는 징기징기 앙광이를 그리고 머리칼이 놀한 아이여

힘을 쓸랴고 벌써부터 두 다리가 푸둥푸둥하니 살이 찐 아이여

너는 오늘 아침 무엇에 놀라서 우는구나

분명코 무슨 거짓되고 쓸데없는 것에 놀라서

그것이 네 맑고 참된 마음에 분해서 우는구나

이 집에 있는 다른 많은 아이들이

모도들 욕심 사납게 지게굳게 일부러 청을 돋혀서

어린아이들 치고는 너무나 큰소리로 너무나 튀겁많은 소리로 울어대는데

너만은 타고난 그 외마디 소리로 스스로웁게 삼가면서 우는구나

네 소리는 조금 썩심하니 쉬인 듯도 하다

네 소리에 내 마음은 반곳히 밝어오고 또 호끈히 더워오

고 그리고 즐거워 온다

　나는 너를 껴안어 올려서 네 머리를 쓰다듬고 힘껏 네 작은 손을 쥐고 흔들고 싶다

　네 소리에 나는 촌 농사집의 저녁을 짓는 때

　나주볕이 가득 들이운 밝은 방안에 혼자 앉어서

　실 감기며 버선짝을 가지고 쓰렁쓰렁 노는 아이를 생각한다

　또 여름날 낮 기운 때 어른들이 모두 벌에 나가고 텅 비인 집 토방에서

　햇강아지의 쌀랑대는 성화를 받어가며 닭의 똥을 주어먹는 아이를 생각한다

　촌에서 와서 오늘 아침 무엇이 분해서 우는 아이여

　너는 분명히 하늘이 사랑하는 시인(詩人)이나 농사꾼이 될 것이로다

웃동 : 윗도리.

두룽이 : 도롱이. 재래식 우장의 한 가지. 짚이나 띠 같은 풀로 안을 엮고 겉은 줄기를 드리워 끝이 너덜너덜함.

징기징기 : 세수를 안해서 볼에 더러운 자국이 드문드문 있는 얼룩.

양광이 : 얼굴에 검정이나 먹 따위로 함부로 칠해 놓은 것.

지게굳게 : 타일러도 듣지 않고 고집스럽게.

퉤겁 : 겁(怯).

스스로웁게 : 자연스럽게.

썩심하니 : 목이 쉰 소리를 내는.

반끗히 : 살짝.

호끈히 : '후끈히'의 작은 말.

나주볕 : 저녁 햇빛.

쓰렁쓰렁 : 남이 모르게 비밀리 하는 모양. 일을 건성으로 하는 모양.

목구(木具)

오대(五代)나 나린다는 크나큰 집 다 찌그러진 들지고방 어득시근한 구석에서 쌀독과 말쿠지와 숫돌과 신뚝과 그리고 옛적과 또 열두 데석님과 친하니 살으면서

한 해에 몇 번 매연지난 먼 조상들의 최방등 제사에는 컴컴한 고방 구석을 나와서 대멀머리에 외얏맹건을 지르터 맨 늙은 제관의 손에 정갈히 몸을 씻고 교우 위에 모신 신주 앞에 환한 촛불 밑에 피나무 소담한 제상 위에 떡, 보탕, 식혜, 산적, 나물지짐, 반봉, 과일들을 공손하니 받들고 먼 후손들의 공경스러운 절과 잔을 굽어보고 또 애끊는 통곡과 축을 귀애하고 그리고 합문 뒤에는 흠향오는 구신들과 호호히 접하는 것

구신과 사람과 넋과 목숨과 있는 것과 없는 것과 한줌 흙과 한점 살과 먼 옛조상과 먼 홋자손의 거룩한 아득한 슬픔을 담는 것

내 손자의 손자와 손자와 나와 할아버지와 할아버지의 할아버지와 할아버지의 할아버지의 할아버지와…… 수원백

씨(水原白氏) 정주백촌(定州白村)의 힘세고 꿋꿋하나 어질고 정많은 호랑이 같은, 곰 같은, 소 같은, 피의 비 같은, 밤 같은, 달 같은 슬픔을 담는 것 아 슬픔을 담는 것

목구 : 나무로 만든 제기(祭器).

들지고방 : 들문만 나 있는 고방. 즉 가을걷이나 세간 따위를 넣어 두는 광.

말쿠지 : 벽에 옷 같은 것을 걸기 위해 박아놓은 큰 나무못.

신뚝 : 방이나 마루 앞에 신발을 올리도록 놓아둔 돌.

열두 데석님 : 열두 제석(帝釋). 무당이 섬기는 가신제(家神祭)의 여러 신들.

매연지난 : 매년 지내온.

최방등 제사 : 평북 정주 지방의 토속적인 제사 풍속으로 차손(次孫)이 맡아서 모시게 되는 5대 째부터의 제사.

대멀머리 : 아무 것도 쓰지 않은 맨 머리.

외얏맹건 : 오얏망건. 망건을 잘 눌러쓴 품이 오얏꽃같이 단정하게 보인다는 데서 온 말.

지르터 맨 : 망건 등을 쓸 때 뒤통수 쪽을 세게 눌러서 망건 편자를 졸라맨

반봉 : 커다랗고 좋은 생선을 골라 제사상에 올려놓은 것.

귀애하고 : 내리고, 읽어 내리고.

합문 : 제사 때에 귀신이 제사밥을 먹을 때 문을 닫거나 병풍으로 가리어 두는 일.

고 방

낡은 질동이에는 갈 줄 모르는 늙은 집난이같이 송구떡이
오래도록 남아 있었다

오지항아리에는 삼춘이 밥보다 좋아하는 찹쌀탁주가 있
어서
삼춘의 임내를 내어가며 나와 사춘은 시큼털털한 술을 잘
도 채어 먹었다

제삿날이면 귀머거리 할아버지 가에서 왕밤을 밝고 싸리
꼬치에 두부산적을 꿰었다

손자 아이들이 파리떼같이 모이면 곰의 발 같은 손을 언
제나 내어둘렀다

구석의 나무말쿠지에 할어버지가 삼는 소신 같은 짚신이
둑둑이 걸리어도 있었다

옛말이 사는 컴컴한 고방의 쌀독 뒤에서 나는 저녁 끼때
에 부르는 소리를 듣고도 못 들은 척하였다

질동이 : 질그릇 만드는 흙을 구워 만든 동이.

집난이 : 출가한 딸을 친정에서 부르는 말.

송구떡 : 송기(松肌)떡. 소나무 속껍질을 삶아 우려내여 멥쌀가루와 섞어 절구에 찧은
　　　　 다음 반죽하여 솥에 쪄내어 떡메로 쳐서 여러 가지 모양을 만든 엷은 분홍색의 떡으
　　　　 로 봄철 단오가 되면 많이 먹음.

오지항아리 : 흙으로 초벌 구운 위에 오짓물을 입혀 구운 항아리.

임내 : 흉내. 그대로 본뜨는 것.

밝고 : 까고.

께었다 : 꿰었다. 끼웠다.

나무말쿠지 : 나무로 만든 옷걸이로 벽에 박아서 사용.

둑둑이 : 한둑이는 10개를 의미함. 둑둑이는 많이 있다는 뜻.

초동일(初冬日)

흙담벽에 볕이 따사하니
아이들은 물코를 흘리며 무감자를 먹었다

돌덜구에 천상수(天上水)가 차게
복숭아낡에 시라리타래가 말라갔다

초동일 : 첫겨울날.
물코 : 물처럼 나오는 콧물.
돌덜구 : 돌절구.
천상수(天上水) : 하늘에서 빗물이 내려 고인 물.
시라리타래 : 시래기를 길게 엮은 타래.

적경(寂境)

신살구를 잘도 먹드니 눈오는 아침
나어린 아내는 첫아들을 낳았다

인가(人家) 멀은 산중에
까치는 배나무에서 즞는다

컴컴한 부엌에서는 늙은 홀아비의 시아부지가 미역국을
끓인다
그 마을의 외따른 집에서도 산국을 끓인다

적경 : 인적이 드문 곳.
산국 : 아이를 낳은 산모가 먹는 미역국.

미명계(未明界)

　자즌닭이 울어서 술국을 끓이는 듯한 추탕(鰍湯)집의 부
엌은 뜨수할 것같이 불이 뿌연히 밝다

　초롱이 히근하니 물지게꾼이 우물로 가며
　별 사이에 바라보는 그믐달은 눈물이 어리었다

　행길에는 선장 대여가는 장꾼들의 종이등(燈)에 나귀눈이
빛났다
　어데서 서러웁게 목탁(木鐸)을 두드리는 집이 있다

미명계 : 어둠이 채 가시지 않은 땅.
자즌닭 : 자주자주 우는 새벽닭
히근하니 : 희뿌옇게.
선장 : 이른 장.

성외(城外)

어두어오는 성문(城門)밖의 거리
도야지를 몰고 가는 사람이 있다

엿방 앞에 엿궤가 없다

양철통을 쩔렁거리며 달구지는 거리끝에서 강원도(江原
道)로 간다는 길로 든다

술집 문창에 그느슥한 그림자는 머리를 얹혔다

엿궤 : 엿을 담도록 만든 장방형의 널판상자.

광원(曠原)

흙꽃 니는 이른 봄의 무연한 벌을
경편철도(輕便鐵道)가 노새의 맘을 먹고 지나간다

멀리 바다가 보이는
가정거장(假停車場)도 없는 벌판에서
차(車)는 머물고
젊은 새악시 둘이 나린다

칠월(七月) 백중

마을에서는 세불 김을 다 매고 들에서

개장취념을 서너 번 하고 나면

백중 좋은 날이 슬그머니 오는데

백중날에는 새악시들이

생모시치마 천진푀치마의 물팩치기 껑추렁한 치마에

쇠주푀적삼 항라적삼의 자지고름이 기드렁한 적삼에

한끝나게 상나들이 옷을 있는 대로 다 내입고

머리는 다리를 서너켜레씩 들여서

시뻘건 꼬둘채댕기를 삐뚜룩하니 해 꽂고

네날백이 따배기신을 맨발에 바꿔 신고

고개를 몇이라도 넘어서 약물터로 가는데

무썩무썩 더운 날에도 벌 길에는

건들건들 씨언한 바람이 불어오고

허리에 찬 남갑사 주머니에는 오랜만에 돈푼이 들어 즈벅이고

광지보에서 나온 은장두에 바늘집에 원앙에 바둑에

번들번들 하는 노리개는 스르럭스르럭 소리가 나고

고개를 몇이라도 넘어서 약물터로 오면

약물터엔 사람들이 백재일 치듯 하였는데

봉갓집에서 온 사람들도 만나 반가워하고

깨죽이며 문주며 섭가락 앞에 송구떡을 사서 권하거니 먹
거니 하고

그러다는 백중 물을 내는 소내기를 함뿍 맞고

호주를 하니 젖어서 달아나는데

이번에는 꿈에도 못 잊는 봉갓집에 가는 것이다

봉가집을 가면서도 칠월(七月) 그믐 초가을을 할 때까지

평안하니 집살이를 할 것을 생각하고

애끼는 옷을 다 적시어도 비는 씨원만 하다고 생각한다

백중 : 음력(陰曆)으로 칠월 보름날. 여름 동안 안거(安居)를 마치고 제각기 허물을 대중 앞에서 드러내어 참회(懺悔)를 구하는 날로 불교에서 유래한 명일(名日). 나중에는 전통 민속의 날로 발전하여 이날에는 농사꾼들이 일을 하지 않고 쉬며 운동이나 그 밖의 오락으로 하루를 보내는 날로 인식되어졌다.

세불 : 일정한 기간을 두고 세 번.

개장취념 : 각자가 돈을 내어 개장국을 끓여 먹는 것.

쇠주푀적삼: 중국 소주(蘇州)에서 생산된 고급 명주실로 짠 적삼.

항라적삼 : 명주, 모시, 무명실 등으로 짠 저고리의 하나로 천에 구멍이 송송 뚫어져 있어 여름옷으로 적당함.

자지고름 : 자줏빛의 옷고름. 옷고름은 저고리나 두루마기의 앞에 달아 옷자락을 여며는 끈.

기드렁한 : 길쭉하여 길게 늘어뜨린 모양을 한.

한끝나게 : 한껏 할 수 있는 데까지.

상나들이옷 : 가장 좋은 나들이옷.

꼬동채댕기 : 가늘고 길게 만든 빳빳하게 꼬드러진 감촉의 댕기.

네날백이 : 세로줄로 네 가닥 날로 짠 짚신.

따배기 : 고운 짚신. 곱게 삼은 짚신.

남갑사 : 남색의 품질좋은 사(紗).

광지보 : 광주리 보자기.

백재일 치듯 : 백차일(白遮日) 치듯. 흰옷 입은 사람들이 많이 모인 모양을 이르는 말.

문주 : 빈대떡 또는 부침개.

호주를 하니 : 물기에 촉촉히 젖어 몸이 후줄근하게 되어.

봉가집 : 본가집. 종가집.

늙은 갈대의 독백(獨白)

해가 진다
갈새는 얼마 아니하야 잠이 든다
물닭도 쉬이 어느 낯설은 논드렁에서 돌아온다
바람이 마을을 오면 그때 우리는 섧게 늙음의 이야기를
편다

보름밤이면
갈거이와 함께 이 언덕에서 달보기를 한다
강(江)물과 같이 세월(歲月)의 노래를 부른다
새우들이 마른 잎새에 올라 앉는 이 때가 나는 좋다

어느 처녀(處女)가 내 잎을 따 갈부던 결었노
어느 동자(童子)가 내 잎닢 따 갈나발을 불었노
어느 기러기 내 순한 대를 입에다 물고 갔노
아, 어느 태공망(太公望)이 내 젊음을 낚아 갔노

이 몸의 매딥매딥
잃어진 사랑의 허물 자국
별 많은 어느 밤 강을 날여간 강다릿배의 갈대 피리

비오는 어느 아침 나룻배 나린 길손의 갈대 지팡이
모두 내 사랑이었다

해오라비조는 곁에서
물뱀의 새끼를 업고 나는 꿈을 꾸었다
 − 벼름질로 돌아오는 낫이 나를 다리려 왔다
  달구지 타고 산골로 삿자리의 벼슬을 갔다

갈거이 : 옆으로 기어가는 게. 정주에서는 가을에 나오는 게를 말하며 봄에는 '칠게'라
   고 한다. 둘 다 바다 게로 갈게는 등껍질이 아주 매끈매끈한 게로 칠게 보다는 크다.
갈부던 : 갈잎으로 엮어 만든 장신구. 갈잎 세 개로 서로 엮어 가운데는 빈 공간으로
   된 두툼한 갈잎 덩어리. 또는 그렇게 복잡하고 얼기설기한 정경.
입닢 : 대롱이처럼 구멍이 있는 줄기닢.
태공망 : 중국 주(周) 나라의 재상인 태공망이 낚시질을 즐겼다는 데서 '낚시질을 좋
   아하는 사람'을 이르는 말.
매딥매딥 : 마디마디.
날여간 : 내려간.
나린 : 내린.
벼름질 : 무디어진 쇠붙이 연장을 불에 달구어 두들겨 날카롭게 하는 행위. 주로 낫과
   같은 날카로운 연장을 만드는 데 벼름질이 많이 쓰임

제7부

전별

어제는 남쪽 집 처자를 산 우에
오늘은 동쪽 집 처자를 산 아래
말하자면 이 어린 전우들을 딴 진지로 보내는 것은
마음 얼마큼 서운한 일이니
그러나 얼마나 즐겁고 미쁜 일인가
그러나 얼마나 거룩하고, 숭엄한 일인가!

※ 1959년부터 1961년 사이 북한 『조선문학』에 발표한 시들을 모았다.

이른 봄

골안에 이른 봄을 알린다 하지 말라
푸른 하늘에 비낀 실구름이여,
논 녹이는 큰길가 버들강아지여,
돌배나무 가지에 가지러진 양진의 소리여.

골안엔 이미 이른 봄이 들었더라
산기슭 부식토 끄는 곡괭이 날에,
개울섶 참버들 찌는 낫자루에,
양지 쪽 밭에서 첫운전하는 뜨락또르 소리에,

골 안엔 그보다도 앞서 이른 봄이 들었더라
감자 정당 40톤, 아마 정당 3톤 –
관리위원회에 나붙은 생산계획 숫자 위에,
작물별 경지 분당 작업 반장 회의의
밤새도록 밝은 전등 불빛에

아, 그보다도 앞 지난 해 가을
알곡을 분배 받던 기쁜 속에, 감사 속에,
그 때 그 가슴 치밀던 증산의 결의 속에도.

붉은 마음들 붉게 핀 이 골 안에선

이른 봄의 드는 때를 가르기 어려웁더라,

이 골 안 사람들의 그 붉은 마음들은

언제나 이른 봄의 결의로, 긴장으로 일터에 나서나니.

뜨락또르 : '트렉터'의 북한 말.

하늘 아래 첫 종축 기지에서

어미 돼지들의 큰 구유들에
벼, 겨, 그리고 감자 막걸리
새끼 돼지들의 구유에
만문한 삼배 절음에 껍질벗긴 삶은 감자,
그리고 보리 길금에 삭인 감자 감주.

이 나라 돼지들, 겨울도록 복되구나
이 좋은 먹이들 구유에 가득히 받아,
하늘 아래 첫 종축 기지로 오니
내 마음 참으로 흐뭇도 하구나.

눈길이 모자라는, 아득히 넓은 사료전에
맥류며, 씰로스용 옥수수,
드높은 사료 창고엔 룡마루를 치밀며
싸릿잎, 붓나뭇잎, 질경이잎, 가둑나뭇잎….

풀을 고기로의 당의 어진 뜻
온 밭과 곳간과 사람들의 마음에 차고 넘쳐,
하늘 아래 첫 종축 기지로 오니

내 마음 참으로 미쁘기도 하구나.
흐뭇하고 미쁜 마음 가슴에 설레인다,
이 풀밭에 먹고 노는 큰 돼지, 작은 돼지
백만이요, 천만으로 개마고원에 살찔 일 생각하매,
당의 웅대하고 현명한 또 하나 설계가
조국의 북쪽 땅을 복지로 만드는 일 생각하매.

북수백산 찬바람이 내려치는 여기에
밤으로, 낮으로, 흐뭇하고 미쁜 일 이루어 가며
사람들 뜨거운 사랑으로 산다 —
돼지 새끼 하나 개에게 물렸다는 말에
지배인도, 양돈공도 안타까이 서둔다.
그리고 분만 앞둔 돼지를 지켜
번식돈 관리공이 사흘 밤을 곧장 새운다.

이렇듯 쓰다듬고, 아끼며
당의 뜻 받들고 사는 사람들
하늘 아래 첫 종축 기지로 오니
마음 참으로 뜨거워 온다.

내 그저 축복 드린다

하늘 아래 첫 종축 기지의 주인들에게

기쁨에 찬, 한량 없는 축복을 드린다.

구유 : 긴 나무토막을 한편만 거죽을 떼어내고, 양 쪽 거죽을 운두로 속을 파낸 나무
통. 흔히 말과 소의 먹이를 주는 것에 쓰임.
가둑나무 : 떡갈나무.

눈

초저녁 이 산골에 눈이 내린다.
조용히 조용히 눈이 내린다.
갈매나무, 돌배나무 엉클어진 숲 사이
무리돌이 주저앉은 오솔길 우에
함박눈, 눈이 내린다.

초저녁 호젓도 한 이 외딴 길을
마을의 여인 하나 걸어간다.
모롱고지 하나 돌아 작업반장네 집
이 집에 로전결이 밤 작업에 간다.

모범농민, 군 대의원, 그리고 어엿한 당원 —
박순옥 아맹이의 우에 눈이 내린다.
지아비, 원쑤를 치는 싸움에 바치고
여덟자식 고이 길러 내는 이 홀어미의 어깨에
늙은 시아비, 늙은 시어미 지성으로 섬기여
그 효성 눈물겨운 이 갸륵한 며느리의 잔등에,
눈이 내린다, 함박눈이 내린다.

이 여인의 마음에도 눈이 내린다.
잔잔하고 고로운 그 마음에,
때로는 거센 물결치는 그 마음에,
슬프고 즐거운 지난날의 추억들 우에
타오르는 원쑤에의 증오 우에,
또 하루 당의 뜻대로 살은 떳떳한 마음 우에,
오늘의 만족 우에,
내일의 희망 우에
눈이 내린다,
눈이 쌓인다.

다정한 이야기같이, 살뜰한 쓰다듬같이
눈이 내린다.
위안같이, 동정같이, 고무같이
눈이 내린다.
이 호젓한 밤길에 눈이 내린다.
여인의 발자국을 그리며 지우며,
뜨거워 뜨거운 이 여인의 가슴 속
가지가지 생각의 자국을 그리며 지우며

푹푹 내리어 쌓인다,
그 어느 크나큰 은총도
홀어미를 불러 낮에도 즐겁게
홀어미를 불러 이 밤도 즐겁게
더욱 큰 행복으로 가자고, 어서 가자고,
뒤에서 밀고 앞에서 당기는 당의 은총이

밤길 우에,
이 길을 걷는 한 여인의 우에
눈이 내린다.
눈이 내려 쌓인다.
은총이 내린다.
은총이 내려 쌓인다.

모롱이 : 산모퉁이의 휘어 둘린 곳
고로운 : 고로웁고 괴로웁고

전별

어제는 남쪽 집 처자의 시집가는 걸
산 위 아마밭머리에 바래 보냈더니
오늘은 동쪽 집 처자의 시집가는 걸
산 아래 감자밭둑에 바래 보내누나

햇볕 따사롭고 바람 고로옵고
이 골짝, 저 골짝 진달래 산살구 꽃은 곱고
이 숲속, 저 숲속 뻐꾸기 멧비둘기 새소리 구성지고
동쪽 집 처자는 높은 산을 몇이라도 넘어
먼먼 보천 땅으로 간다는데
보천 땅은 뒷재 우에서도 백두산이 보인다는 곳,
사람들 동쪽 집 처자를 바래 보낸다.
먼 밭, 가까운 밭에, 웅기중기 일어서
호미 들어, 가래 들어 그의 앞날을 축복한다.
말하자면 이 어린 처자는 그들의 전우
전우의 앞날이 빛나기를 빈다.
하루에 감자밭 천 평을 매 제끼는 솜씨 ―
이 솜씨 칭찬하는 마음도 이 축복에 따르고
추운 날 산 우에 우둥불 잘도 놓던 마음씨 ―

이 마음씨 감사하는 마음도 이 축복에 따르누나,

동쪽 집 처자는 산길을 굽이굽이

뒤를 돌아보며, 돌아보며 발길 무거이 간다.

가지가지 산천의 정이, 사람들의 사랑이

별리의 쓴 눈물을 삼키게 하매

그 작은 붉은 마음 바쳐 온 싸움의 터 —

저 골짜기 발전소가, 이 비탈의 작잠장이

다하지 못한 충성을 붙들어 놓지 않으매,

동쪽 집 처자는 고개를 넘어 사라진다.

그러나 그 깔깔대는 웃음소리 허공에 들리누나.

그러나 그 흘린 땀 냄새 땅 우에 풍기누나.

어제는 남쪽 집 처자를 산 우에

오늘은 동쪽 집 처자를 산 아래

말하자면 이 어린 전우들을 딴 진지로 보내는 것은

마음 얼마큼 서운한 일이니

그러나 얼마나 즐겁고 미쁜 일인가

그러나 얼마나 거룩하고, 숭엄한 일인가!

고로운 : 고로웁고 괴로웁고
우둥불 : 특히 산속에서 피우는 모닥불.
별리 : 이별

공무려인숙

삼수 삼십 리, 혜산 칠십 리
신파 후창이 삼백 열 리,
북두가 산머리에 내려 앉는 곳
여기 행길가에 나앉은 공무려인숙.

오고 가던 길손 날이 저물면
찾아 들어 하룻밤을 묵어가누나 –
면양 칠백 마리 큰 계획 안고
군당을 찾아 갔던 어느 협동조합 당위원장,
근로자학교의 조직과 지도를 맡아
평양대학에서 온다는 한 대학생,
마을 마을의 수력발전, 화력발전
발전 시설을 조사하는 군 인민위원회 일꾼
붉은 편지 받들고 로동 속으로 들어가려
신파 땅 먼 림산사업소로 가는 작가…….

제각기 찾아 가는 곳 다르고,
제각기 서두르는 일 다르나

그러나 그들이 이 집에 이르는 길,
이 집에서 떠나가는 길
그것은 오직 한 갈래길 – 사회주의 건설의 길

돈주아 고삭아 이끼 덕이 치고
통나무 굴뚝이 두 아름이나 되는 이 집아,
사회주의 높은 봉우리 바라
급한 길 다우치다 길 저문 사람들
하룻밤 네 품에 쉬여가나니,

아직 채 덩실하니 짓지 못한
산풀 행길가의 조그마한 려인숙이라
네 스스로 너를 낮추 여기지 말라.
참구름 노전 투박한 자리로나마
너 또한 사회주의 건설에 힘 바치는 귀한 것이어니.

갓나물

삼수갑산 높은 산을 내려
홍원 전진 동해 바다에
명태를 푸러 갔다 온 처녀.
한 달 열흘 일을 잘 해
민청상을 받고 온 처녀,
삼수갑산에 돌아와 하는 말이 −

"삼수갑산 내 고향 같은 곳
어디를 가나 다시 없습데.
홍원 전진 동태 생선 좋기는 해도
삼수갑산 갓나물만 난 못합네."

그런데 이 처녀 아나 모르나,
한 달 열흘 고향을 난 동안에
조합에선 세 톤짜리 화물 자동차도 받아
내일모레 쌀과 생선 실러 가는 줄.
내일모레 이 고장 갓나물 실어 보내는 줄.

삼수갑산 심심 산골에도

쌀이며 생선 왕왕 실어 보내는
크나큰 그 배려 모를 처녀 아니나,
그래도 제 고장 갓나물에서
더 좋은 것 없다는 이 처녀의 마음,
삼수갑산 갓나물 같이 향기롭구나 –

동식당

아이들 명절날처럼 좋아한다.
뜨락이 들썩 술래잡기, 숨박꼭질,
퇴 우에 재깔대는 소리, 깨득거리는 소리.

어른들 잔치날처럼 흥성거린다.
정주문, 큰방문 연송 여닫으며 들고 나고
정주에, 큰방에 웃음이 터진다.

먹고 사는 시름없이 행복하며
그 마음들 이대도록 평안하구나,
새로운 둥지의 사랑에 취하였으매
그 마음들 이대도록 즐거웁구나.

아이들 바구니, 바구니 캐는 달래
다 같이 한 부엌으로 들여오고,
아낙네들 아끼여 깃 흴은 김치
아쉬움 모르고 한식당에 올려놓는다.

왕가마들에 밥을 짓고 국은 끓여

하루 일 끝난 사람들을 기다리는데
그 냄새 참으로 구수하고 은은하고 한없이 깊구나
성실한 근로의 자랑 속에…….

밭 갈던 아바이, 감자 심던 어머이
최뚝에 송아지와 놀던 어린 것들,
그리고 탁아소에서 돌아 온 간난 것들도
둘레둘레 돌려 놓인 공동 식탁 우에,
한없이 아름다운 공산주의의 노을이 비낀다.

그들의 목숨도 사랑도 그리고 생활도
당과 조국에서 받은 것이어라.
그리고 그들의 귀한 한 점 혈육도
당과 조국에서 받은 것이어라.

축복

이 먼 타관에 온 낯설은 손을
이른 새벽부터 집으로 청하는 이웃 있도다.

어린 것의 첫 생일이니
어린 것 위해 축복 베풀려는 이웃 있도다.

이깔나무 대들보 굵기도 한 집엔
정주에, 큰방에, 아이 어른 – 이웃들이 그득히들 모였는데,
주인은 감자 국수 눌러, 토장국 말고
콩나물 갓김치를 얹어 대접을 한다.

내 들으니 이 집 주인은 고아로 자라난 사람,
이 집 안주인 또한 고아로 자라난 사람.
오직 당과 조국의 품안에서
당과 조국을 어버이로 하고 자라난 사람들.

그들의 목숨도 사랑도 그리고 생활도
당과 조국에서 받은 것이어라.
그리고 그들의 귀한 한 점 혈육도

당과 조국에서 받은 것이러라.

이 아침, 감자 국수를 누르고, 콩나물 데워
이웃 사람들을 대접하는 이 집 주인들의 마음에,
이 아침 콩나물을 놓은 감자 국수를 마주하여
이 집 주인들의 대접을 받는 이웃 사람들의 마음에
가득히 차오르는 것은 어린아이에 대한 간절한 축복
그리고 당과 조국의 은혜에 대한 한량없는 감사.

나도 이 아침 축복 받는 어린 것을 바라보며,
당과 조국의 은혜 속에 태어난 이 어린 생명이
당과 조국의 은혜 속에 길고 탈 없는
한평생을 누리기와,
그 한평생이 당과 조국을 기쁘게 하는
한평생이 되기를 비노라.

돈사의 불

깊은 산골의 야영 돈사엔
밤이면 불을 켠다.
한 오리 되욤즉, 기다란 돈사,
그 두 난끝 낮은 처마 끝에 달아
유리를 대인 기다란 네모 나무등에
가스불, 불을 켜다.

자정도 지난 깊은 밤을
이 불 밑으로 번식돈 관리공이 오고 간다.
2년 5산 많은 돼지를 받노라, 키우노라,
항시 기쁨에 넘쳐 서두르는
뜨거운 정성이, 굳은 결의가 오고 간다 —

다산성 번식돈이 밤 사이
그 잘 줄 모르는 숨소리 사이로,
1년 3산의 제 2산 종부가 끝난 번식돈의
큰 기대 안겨 주는 그 소중한, 고로운 숨소리 사이로,
또 시간 젖이 버릇 붙여놓은 새끼돼지들의
어미의 젖꼭지를 찾아 덤비는 그 다급한 외침소리 사이로.

그리고 이 관리공의 발길이 멎는다.
밤중으로, 아니면 날 새자 분만할 돼지의
깃자리 보는 그 초조한 부스럭 소리 앞에.
그 발길 이 기대에 찬 분만의 자리를 지켜 오래 머문다.

밀기울 누룩의 감자술 만들어 사료에 섞기도 하였다.
류화철 용액으로, 더운 물로 몸뚱이를 씻어도 주었다.
그러나 한 번식돈 관리공의 성실한 마음 이것으로 다 못해
이제 이 깊은 밤을 순산을 기다려 가슴 조이며
분만 앞둔 돼지의 그 높고 잦은 숨소리에 귀 기울여 서누나.

밤이 더 깊어 가면 고을 안에 안개는 돌아
돈사 네모등의 가스불빛도 희미해진다.
그러나 돈사에는 이 불 아닌 또 하나 불이 있어
언제나 꺼질 줄도, 희미해질 줄도 없는 밝은 불.
이 불 – 한 해에 천 마리 돼지를 한 손으로 받아
사랑하는 나라에 바치려,
사랑하는 땅의 바라심을 이루우려,
온 마음 기울여 일하는 한 젊은 관리공의

당 앞에 드리는 맹세로 켜진, 그 붉은, 충실한 마음의 불.

손뼉을 침은

자산 땅에 농사짓는 아주머니시여
동해 어느 곳의 선장 아바이시여
먼 국경 거리의 판매원 동무이시여
나와 자리를 나란히 또 마주한 이들이시여
우리 다 같이 손뼉을 칩시다.
우리 소리 높이 손뼉을 칠 때가 또 왔으니

우리 손뼉을 치는 것은
우리들의 가슴 속에 기쁨이 솟구칠 때
우리들의 영예가 못내 자랑스러울 때
우리 손벽을 치는 것은
우리들의 승리를 스스로 축하할 때
우리들의 마음 속에 타오르는 뜻이 있을 때

우리 손뼉을 칩시다.
적으나 크나 우리 시방
또 하나 자랑스러운 영예 지니었으니
또 하나 가슴에 넘치는 기쁨 얻었으니

나와 자리를 나란히 또 마주한 이들이시여
우리 같이 먼 길을 오는 기나긴 동안
우리 서로 다정하게 지나는 이 차 안에서
한때의 거처를 알뜰히 거두었으매
길에 나서 가질 마음도, 지킬 범절도
하나같이 소홀히 하지 않았으매

어여쁜 열차원 - 처녀 우리의 찻간에 승리의 깃발 걸어
주고
엄격한 차장 동무 우리의 승리를 기뻐 축하하여
이제 우리들은 여행의 승리자로 되었사외다

우리 이 승리를 위해 또 손뼉 높이 칩시다.
우리 그 동안 얼마나 많은 손뼉 쳐왔습니까
그 많은 우리들의 기쁨과 승리가 있을 때마다.
그 많은 우리들의 영예와 결의가 있을 때마다.

우리들의 손뼉 소리에
우리의 찬란한 역사는 이루어지고,

우리들의 손뼉 소리에
우리의 혁명은 큰 걸음을 내짚습니다.

한번도 헛되이 울린 적 없는 손뼉을
한번도 소홀히 울린 적 없는 손벽을
오늘은 이 차 안의 조그만 승리 위해
조그만 영예 위해 우리 높이 울립시다.

우리 자리를 나란히 또 마주한 이들이시여,
우리의 손뼉을 높이 칩시다.
우리들의 가슴 속 높은 고동을 따라.

탑이 서는 거리

혁명의 거리로
혁명의 노래가 흐른다.
혁명은 청춘,
청춘의 거리로
청춘의 대오가 흐른다.
흙 묻은 배낭에 담긴 충성이,
검붉은 얼굴에 빛나는 영예가,
높은 발구름에 울리는 투지가,
오색 깃발에 나부끼는 긍지가……
흐른다, 흐른다.
혁명의 거리로, 청춘의 거리로
혁명의 거리로 흐르는 청춘들은
탑을 세우려 멀리서 왔구나.
혁명의 거리에 하늘 높이
탑 하나 장하게 세우려 왔구나.
이 높은 탑을 우러러
천만의 가슴속마다 탑은 서리니
천만의 가슴속에
천만의 탑을 세우려 왔구나, 청춘들이여.

진리의 승리를 믿어

조국 광복의 거룩한 길에서

때도 없이, 곳도 없이

주저와 남김은 더욱 없이

바쳐질 대로 바쳐진 고귀한 사람들의

청춘이여, 사랑이여, 꿈이여, 목숨이여

이 탑 속에 살으리라.

만년 세월이 다 가도록 살으리라.

만년 세월이 다 가도록

천만의 가슴속 탑들에도 살으리라.

혁명의 거리에 솟는 탑이여,

이 탑을 불러 인민 영웅의 탑이란다.

조국 강산에 향기로운 이름 남기고

천만 겨레의 사랑 속에 영생하는

그 사람들으 이름으로 부르고 부를

인민 영웅의 탑이란다.

영웅들의 이름, 가슴에 그리며, 따르며

그들 위해 높은 탑을 세우려 온 청춘들이여

영웅들의 청춘에

그대들의 청춘은 잇닿았으니
영웅들의 역사에
그대들의 역사는 잇닿았으니
청춘의 대오여,
그대들 오늘 이 영웅들 따라
영웅들 부르던 노래 높이 부르며
영웅들의 발걸음에 발을 맞추며
나아가누나, 그들이 가던 길로
그들이 목숨 바쳐 닦아놓은 길로.

혁명의 거리로 흐르는 청춘들이여,
한 탑을 세워
천만의 탑을 세우려 온 청춘들이여!

돌아온 사람

쉰세번 째 배로 왔노라 하였다.
그대의 서투른 모국의 말
그로하여 따사롭게 그대를 껴안누나.
조국의 품이
그대의 해쓱한 얼굴,
섬나라 풍토 사나왔음이리니
그로하여 더욱 자애로 차 바라보누나.
조국의 눈이.

이제는 차창에 기대여 잠들었구나.
그 기억 속 설레여 잘 줄 모르던
출항의 동라 소리도, 동해의 푸른 물결도
조국 산천을 가리우던 눈시울으 이슬도.
그러나 잠 못 들리라.
조국에 대한 사무치던 사모는,
심장에 끓어 넘치던 민족의 피는,
이 한 밤이 다 가도
천만 밤이 가고 또 가도
아니, 잠 속에서도 사무치리라, 끓으리라

눈 감아, 이미 숨소리 높은 사람아,
조국의 꿈은 구원이구나, 자유구나
행복이구나, 삶이구나
이 품을 위해서는 좋으리라
열 동해를 모진 바람 속에 건너도.

돌아온 사람아
의탁하라 그대의 감격도 피곤도
새벽 가까운 시각에 수도 향해 달리는 열차에
그대의 하루 밤의 운명 앞에는
이제 곧 찬란한 새날의 해돋이가 마주하리니.

돌아온 젊은 사람아
의탁하라, 그대의 운명을,
위대한 역사의 시각을 달리는
조국의 크나큰 운명의 열차에.

이 차는 머지않아 닿으리라.
금빛 햇볕 철철 넘치는 속에

이 나라 온 겨레가

이 누리의 모든 친근한 사람들이

공산주의 승리에 환호 울리는 곳에

게서는 하늘과 땅에 삶의 기쁨 넘치고

인생의 향기 거리와 마을에 가득히 풍기리니,

이 아침을 향하여 길 바쁜 조국이

그 품에 그대의 안식을 안아 기쁘리라.

제3 인공위성

나는 제3 인공위성
나는 우주 정복의 제3 승리자
나는 쏘베트 나라에서 나서
우주를 나르는 것

쏘베트 나라에 나서
우주를 나르는 것
해방과 자유의 사상
공존과 평화의 이념
위대한 꿈 아닌 꿈들……
나는 그 꿈들에서도 가장 큰 꿈

나는 공산주의의 천재
이 땅을 경이로 휩싸고
이 땅을 희망으로 흐뭇케 하고
이 땅을 신념으로 가득 채우고
이 땅을 영광으로 빛내이며
이 땅의 모든 설계를 비약시키는 나
나는 공산주의의 자랑이며 시위

공산주의 힘의, 지혜의
공산주의 용기의, 의지의
모든 착하고 참된 정신들에는
한없이 미쁜 의지, 힘찬 고무로
모든 사납고 거만한 정신들에는
위 없이 무서운 타격, 준엄한 경고로
내 우주를 나르는 뜻은
여기 큰 평화의 성좌 만들고저!

지칠 줄 모르는 공산주의여,
대기층을 벗어나, 이온층을 넘어
뭇 성좌를 지나, 운석군을 뚫고
우주의 아득한 신비 속으로
태양계의 오묘한 경륜 속으로
크게 외치어 바람 일구어
날아오르고 오르는 것이여,
나는 공산주의의 사절
나는 제3 인공위성

위 없이 : 더없이

『집게네 네 형제』(1957)

집게네 네 형제

어느 바닷가 물웅덩이에
깊지도 얕지도 않은 물웅덩이에
집게 네 형제가 살고 있었네

막내 동생 하나를 내여 놓은
집게네 세 형제
그 누구나 집게로 태어난 것
부끄러웠네

남들같이 굳은 껍질 쓰고
남들같이 고운 껍질 쓰고
뽐내며 사는 것이 부러웠네

그래서 맏형은
굳고 굳은 강달소라 껍질 쓰고
강달소라 꼴을 하고
강달소라 짓을 했네

그래서 둘째 동생은

곱고 고운 배꼽조개 껍질 쓰고
배꼽조개 꼴을 하고
배꼽조개 짓을 했네

그래서 셋째 동생은
곱고도 굳은 우렁이 껍질 쓰고
우렁이 꼴을 하고
우렁이 짓을 했네

그러나 막내 동생은
아무 것도 아니 쓰고
아무 꼴도 아니 하고
아무 짓도 아니 하고
집게로 태어난 것
부끄러워 아니 했네

그런데 어느 하루
밀물이 많이 밀어
물웅덩이 밀물에 잠겨버렸네

이때에 그만이야

강달소라 먹고 사는 이빨 센 오뎅이가

밀물 따라 떠 들어와

강달소라 보더니만

우두둑 우두둑 깨물었네

강달소라 껍질 쓰고

강달소라 꼴을 하고

강달소라 짓을 하던

맏형 집게는 이렇게 죽고 말았네

그런데 어느 하루

난데없는 낚시질꾼

주춤주춤 오더니 물웅덩이 기웃했네

이때에 그만이야

망둥이 미끼 하는 배꼽조개 보더니만

낚시질꾼 얼른 주어

돌에 놓고 돌로 쳐서

오지끈오지끈 부서졌네

배꼽조개 껍질 쓰고
배꼽조개 꼴을 하고
배꼽조개 짓을 하던
둘째 동생 집게는 이렇게 죽고 말았네

그런데 어느 하루
부리 굳은 황새가
진창 묻은 발 씻으러
물웅덩이 찾아 왔네

이때에 그만이야
황새가 좋아하는 우렁이 하나 기어가자
황새는 굳은 부리 우렁이 등에 쿡 박고
오싹바싹 쪼박냈네

우렁이 껍질 쓰고
우렁이 꼴을 하고

우렁이 짓을 하던
셋째 동생 집게는 이렇게 죽고 말았네

그러나 막내동생
아무 것도 아니 쓰고
아무 꼴도 아니 하고
아무 짓도 아니 해서

오뎅이가 떠와도 겁 안 나고
낚시질꾼 기웃해도 겁 안 나고
황새가 찾아 와도 겁 안 났네

집게로 태어난 것
부끄러워 아니 하는
막내 동생 집게는
평안하게 잘 살았네

쫓기달래

오월이는 작은 종
그 엄마는 큰 종

사나운 주인이 마소처럼 부리는
오월이는 작은 종
그 엄마는 큰 종

하루는 그 엄마 먼 곳으로 일을 가
해가 져도 안 왔네
밤이 돼도 안 왔네

오월이는 추워서 엄마 찾아 울었네
오월이는 배고파 엄마 찾아 울었네

배고프고 추워서 울던 오월이
주인집 부엌으로 몸 녹이러 갔네
부엌에는 부뚜막에 쉰 찰밥 한 양푼
주인네 먹다 남은 쉰 찰밥 한 양푼

오월이는 어린 아이
하루 종일 굶은 아이
쉰 찰밥 한 덩이 입으로 가져갔네

이때에 주인 마님
샛문 벌컥 열었네
밥 한 덩이 입에 문
오월이를 보았네

한 덩이 찰밥을 입에 문 채로
오월이는 매 맞았네
매 맞고 쫓겨났네

춥디추운 밖으로 쫓겨난 오월이
캄캄한 어둔 밤에 엄마 찾아 울었네

행길로 우물가로
엄마 찾아 울다가
앞 텃밭 밭고랑에

얼어붙고 말았네
주인집 쉰 밥 덩이 먹지도 못하고
어린 종 오월이는 얼어죽고 말았네
엄마도 못 보고 얼어죽고 말았네

그 이듬해 이른 봄
얼었던 땅 풀리자
오월이가 얼어죽은
앞 텃밭 고랑에
남 먼저 머리 들고
달래 한 알 나왔네

이 달래 어떤 달래
곱디고운 붉은 달래
다른 달래 다 흰데
이 달래 붉은 달래
쉰 찰밥이 붉듯이
이 달래 붉은 달래

쉰 찰밥 한 덩이로 얼어 죽은 오월이

원통하고 슬퍼서

달래되어 나왔네

쉰 찰밥이 아니 잊혀

쉰 찰밥 빛 그대로

엄마가 보고 싶어

이른 봄에 나왔네

사나운 주인에게

쫓겨나 죽은

불쌍한 오월이가

죽어서 된 이 달래

세상 사람 이름 지어

쫓기 달래

이 달래 가엾어서

이 달래 애처로워

세상에선 이 달래를

차마 못 먹네

오징어와 검복

오징어는 오랫동안 뼈가 없이 살았네

오징어는
뼈가 없어 힘 못 쓰고
힘 못 써서 일 못 하고
일 못 하여 헐벗고 굶주렸네

헐벗고 굶주린 오징어는 생각했네
'남들에게 다 있는 뼈 내게는 왜 없을까'

오징어는 아무리 생각해봐도
저로서는 그 까닭 알 수가 없어
이곳저곳 찾아가 물어보았네

오징어는 맨 처음 농어보고 물었네
"내게는 왜 뼈가 없나? 어찌하면 뼈를 얻나?"

농어가 그 말에 대답했네
"너는 세상 날 때부터 뼈가 없단다

뼈 없이 그대로 살아가야지"

오징어는 농어의 말
믿기잖고 분하여
그래서 이번에는 도미보고 물었네
"내게는 왜 뼈가 없나? 어찌하면 뼈를 얻나?"

도미가 그 말에 대답했네
"너는 네가 못난 탓에 제 뼈까지 잃은 거지
못난 것은 뼈 없이 살아가야지"

오징어는 도미의 말
믿기잖고 분하여
그래서 이번에는 장대보고 물었네
"나는 왜 뼈가 없나? 어찌하면 뼈를 얻나?"
장대는 이 말에 대답했네
"네게두 남과 같이 뼈가 있었지
그러던 걸 욕심쟁이 검복이란 놈
감쪽같이 너를 속여 빼앗아갔지

검복을 찾아가서 뼈를 도로 내라 해라"

장대가 하는 말을 옳게 여긴 오징어
검복에게 달려가서 빼앗은 뼈 내라 했네

그러나 검복은 소문난 욕심쟁이
남의 뼈를 빼앗아다 제 뼈를 만드는 놈
오징어가 하는 말을 검복은 듣지 않고
그 굳은 이빨 벌려 오징어를 물려 했네

오징어는 겁이 나서 뺏긴 뼈를 못 찾은 채
도망쳐 달아가다 장대와 마주쳤네

오징어가 하는 말을 다 듣고 난 장대
오징어에게 이런 말 일러주었네
"제 것을 빼앗기고 도로 찾지 못하는 건
그것은 겁쟁이 그것은 못난이
검복이 힘 세다고 싸우지 않고
겁이 나 쫓긴다면 빼앗긴 뼈 못 찾지"

장대의 말을 듣고 오징어 마음먹었네
목숨 걸고 검복과 싸워내기로

오징어는 그 이튿날 검복을 또 찾아 가
빼앗아 간 제 뼈를 도로 내라 하였네

그러나 검복은 소문난 욕심쟁이
오징어의 옳은 말 들으려고 아니 했네
그리고는 두 눈깔 뚝 부릅뜨고
그 굳은 이빨 쩍 벌리고
찌르륵 소리 높닿게 치며
오징어를 물려고 달려들었네

그러나 오징어는 어제와 달라
겁먹고 달아날 그는 이미 아니었네

무섭게 달려드는 검복에게로
오징어도 맞받아 달려들어
입을 쩍 벌리면서 먹물 토했네

시꺼먼 먹물을 찍찍 토했네

검복은 먹물 속에 눈 못 뜨고
숨 못 쉬고 갈팡질팡 야단났네
이 통에 오징어는 검복의 등을 타고
옆구리를 푹 찔러 갈비뼈 하나 빼내었네

그런데 바로 이때 검복의 질러대는
죽어가는 소리 듣고 우루루 달려 왔네
농어가 달려 왔네
도미가 달려 왔네

그것들은 달려와 검복과 한편 되어
오징어께 대들었네

오징어는 할 수 없이 달아나고 말았네
빼앗긴 뼈 중에서 하나만을 겨우 찾고
분한 마음 참으며 할 수 없이 돌아왔네

잘 싸우고 돌아 온 오징어를 찾아 와서
장대는 말하였네
"우리들이 도와줄게 빼앗긴 뼈 다 찾으라"

그러자 그 뒤 이어
할치 달째 찾아 와서 오징어께 말하였네
"우리들이 도와줄게 빼앗긴 뼈 다 찾으라"

그러자 오징어는 마음먹었네
못 다 찾은 제 뼈를 다 찾고야 말리라고
굳게굳게 이렇게 마음먹은 오징어
검복과 싸우려고 먹물 물고 다닌다네

검복과 한편 되어
검복을 도와주는
검복과 같은 원수
농어와 도미와도
오징어는 싸우려고 먹물 물고 다닌다네

뼈 없던 오징어에게
뼈 하나가 생긴 것은
바로 그 때 일

그러나 빼앗긴 뼈
아직까지 다 못 찾아
오징어는 외뼈라네

살결 곱던 검복이
얼룩덜룩해진 것은
바로 그때 일

오징어가 토한 먹물
그 몸에 온통 묻어
씻어도 씻어도 얼룩덜룩

할치 : '제비활치'라는 물고기가 있는데 이 물고기를 말하는 것 같다.
달째 : '달강어'라는 물고기의 방언

개구리네 한솥밥

옛날 어느 곳에 개구리 하나 살았네
가난하나 마음 착한 개구리 하나 살았네

하루는 이 개구리
쌀 한 말을 얻어 오려
벌 건너 형을 찾아 길을 나섰네

개구리 덥적덥적 길을 가노라니
길가 도랑에 우는 소리 들렸네

개구리 닁큼 뛰어 도랑으로 가보니
소시랑게 한 마리 엉엉 우네

소시랑게 우는 것이 가엾기도 가엾어
개구리는 뿌구국 물어보았네
"소시랑게야, 너 왜 우니?"

소시랑게 울다 말고 대답하였네
"발을 다쳐 아파서 운다"

개구리는 바쁜 길 잊어버리고
소시랑게 다친 발 고쳐 주었네

개구리 또 덥적덥적 길을 가노라니
길 아래 논두렁에 우는 소리 들렸네

개구리 닁큼 뛰어 논두렁에 가보니
방앗다리 한 마리 엉엉 우네

방앗다리 우는 것이 가엾기도 가엾어
개구리는 뿌구국 물어보았네
"방앗다리야, 너 왜 우니?"

방앗다리 울다 말고 대답하는 말
"길을 잃고 갈 곳 몰라 운다"

개구리는 바쁜 길 잊어버리고
길 잃은 방앗다리 길 가리켜주었네

개구리 또 덥적덥적 길을 가노라니
길 복판 땅구멍에 우는 소리 들렸네

개구리 넝큼 뛰어 땅구멍에 가보니
소똥굴이 한 마리 엉엉 우네

소똥굴이 우는 것이 가엾기도 가엾어
개구리는 뿌구국 물어 보았네
"소똥굴이야, 너 왜 우니?"

소똥굴이 울다 말고 대답하는 말
"구멍에 빠져 못 나와 운다"

개구리는 바쁜 길 잊어버리고
구멍에 빠진 소똥굴이 끌어내줬네

개구리 또 덥적덥적 길을 가노라니
길섶 풀숲에서 우는 소리 들렸네

개구리 닝큼 뛰어 풀숲으로 가보니
하늘소 한 마리 엉엉 우네

하늘소 우는 것이 가엾기도 가엾어
개구리는 뿌구국 물어 보았네
"하늘소야, 너 왜 우니?"

하늘소 울다 말고 대답하는 말
"풀대에 걸려 가지 못해 운다"

개구리는 바쁜 길 잊어버리고
풀에 걸린 하늘소 놓아주었네

개구리는 또 덥적덥적 길을 가노라니
길 아래 웅덩이에 우는 소리 들렸네

개구리 닝큼 뛰어 물웅덩이 가 보니
개똥벌레 한 마리 엉엉 우네

개똥벌레 우는 것이 가엾기도 가엾어
개구리 뿌구국 물어 보았네
"개똥벌레야, 너 왜 우니?"

개똥벌레 울다 말고 대답하는 말
"물에 빠져 나오지 못해 운다"

개구리는 바쁜 길 잊어버리고
물에 빠진 개똥벌레 건져 주었네

발 다친 소시랑게 고쳐주고
길 잃은 방앗다리 길 가리켜주고
구멍에 빠진 소똥굴이 끌어내주고
풀에 걸린 하늘소 놓아주고
물에 빠진 개똥벌레 건져내주고
착한 일 하느라고 길이 늦은 개구리

형네 집에 왔을 때는 날이 저물고
쌀 대신에 벼 한 말 얻어서 지고

형네 집을 나왔을 땐 저문 날이 어두워
어둔 길에 무겁게 짐을 진 개구리
디척디척 걷다가는 앞으로 쓰러지고
디척디척 걷다가는 뒤로 넘어졌네

밤은 깊고 길은 멀고 눈앞은 캄캄하여
개구리 할 수 없이 길가에 주저앉아
어찌할까 이리저리 걱정하였네

그러자 웬일인가
하늘소 윙하니 날아오더니
가쁜 숨 허덕허덕 말 물었네
"개구리야, 개구리야, 무슨 걱정하니?"

개구리 이 말에 뿌구국 대답했네
"무거운 짐 지고 못 가 걱정한다"

그랬더니 하늘소 무거운 짐 받아 지고
개구리 뒤따랐네

무겁던 짐 벗어 놓아 개구리 가기 좋으나
길 복판에 소똥 쌓여
넘자면 굴러지고 돌자면 길 없었네
개구리 할 수 없이 길가에 주저앉아
어찌할까 이리저리 걱정하였네

그러자 웬일인가
소똥굴이 휑하니 굴러오더니
가쁜 숨 허덕허덕 말 물었네
"개구리야, 개구리야, 무슨 걱정하니?"

개구리 이 말에 뿌구국 대답했네
"소똥 쌓여 못 가고 걱정한다"

그랬더니 소똥굴이 소똥더미 다 굴리어
막혔던 길 열리었네

막혔던 길 열리어 개구리 잘도 왔으나
얻어 온 벼 한 말을 방아 없이 어찌 찧나?

방아 없이 어찌 쓸나?
개구리 할 수 없이 마당가에 주저앉아
어찌할까 이리저리 걱정하였네

그러자 웬일인가
방앗다리 껑충 뛰어오더니
가쁜 숨 허덕허덕 말 물었네
"개구리야, 개구리야, 무슨 걱정 하니?"

개구리 이 말에 뿌구국 대답했네
"방아 없이 벼 못 찧고 걱정한다"

그랬더니 방앗다리
이 다리 찌꿍 저 다리 찌꿍
벼 한 말을 다 찧었네

방아 없이 쌀을 찧어 개구리는 기뻤으나
불을 땔 장작 없어 쓸은 쌀을 어찌하나
무엇으로 밥을 짓나!

개구리 할 수 없이 문턱에 주저앉아
어찌할까 이리저리 걱정하였네

그러자 웬일인가
소시랑게 버르륵 기어오더니
가쁜 숨 허덕허덕 말 물었네
"개구리야, 개구리야. 무슨 걱정 하니?"

개구리 이 말에 뿌구국 대답했네
"장작 없어 밥 못 짓고 걱정한다"

그랬더니 소시랑게 폴룩폴룩 거품 지어
흰 밥 한 솥 잦히었네

장작 없이 밥을 지은 개구리는 좋아라고
뜰악에 멍석 깔고 모두들 앉히었네

불을 받아 준 개똥벌레
짐을 져다 준 하늘소

길을 치워 준 소똥굴이

방아 찧어 준 방앗다리

밥을 지어 준 소시랑게

모두모두 둘러앉아

한솥밥을 먹었네

귀머거리 너구리

어느 산 속에
귀머거리 너구리가 살고 있었네

어느 날 밤
마을 가까운 강냉이밭에
곰도, 멧돼지도, 귀머거리 너구리도,
다 함께 내려와 강냉이를 따 먹었네

그러자 밭 임자 영감
두-두- 소리쳤네

그 소리 듣고
멧돼지가 먼저 달아났네
그 뒤로 곰이 달아났네

그러나 귀머거리 너구리
그 소리 들리지 않아
꿈쩍도 아니 하고
뚝 하고 한 이삭

뚝 하고 두 이삭
강냉이만 따 먹었네
그러면서 하는 말
"달아나긴 왜들 달아나?"

멧돼지와 곰은 달아나며 생각했네
너구리는 저희들보다 겁 없고 용감하다고

이리하여 귀 밝은 도적놈들
귀 먹은 도적놈을 우러러보았네

어느 날 밤
마을 가까운 메밀밭에
오소리도, 노루도, 귀머거리 너구리도,
다 함께 내려와
모밀을 훑어 먹었네

그러자 밭 임자네 개들이
컹-컹- 짖어댔네

그 소리 듣고
오소리가 먼저 달아났네
그 뒤로 노루가 달아났네

그러나 귀머거리 너구리
그 소리 들리지 않아
꿈쩍도 아니 하고
쩝쩝 하고 한 입
쩝쩝 하고 두 입
메밀만 훑어 먹었네
그러면서 하는 말
"달아나긴 왜들 달아나?"

오소리와 노루는 달아나며 생각했네
너구리는 저희들보다 겁 없고 용감하다고
이리하여 귀 밝은 도적놈들
귀 먹은 도적놈을 우러러보았네

어느 날 밤

마을 끝에 놓인 그 뉘집 닭의 회에
여우도, 삵쾡이도, 귀머거리 너구리도,
다 함께 내려와 닭을 채려 하였네

그러자 안방 마나님
탕! 하고 방문 열었네

그 소리 듣고
여우가 먼저 달아났네
그 뒤로 삵쾡이가 달아났네

그러나 귀머거리 너구리
그 소리 들리지 않아
꿈쩍도 아니 하고
이리 쿡쿡
저리 쿡쿡
닭 냄새만 맡았네
그러면서 하는 말
"달아나긴 왜들 달아나?"

여우와 삵쾡이는 달아나며 생각했네
너구리는 저희들보다 겁 없고 용감하다고
이리하여 귀 밝은 도적놈들
귀 먹은 도적놈을 우러러 보았네

이리하여 귀 먹은 도적놈은
귀 밝은 도적놈들 속에서
겁 없고 용감한 첫째가는 도적놈 되었네

그런데 한 번은
산 위에 사는 짐승 ─ 도적들
산 아래 마을 사람네
낟알을 빼앗으러
개 도야지를 잡아먹으러
마을로 쳐내려와
산짐승들과 마을 사람들
서로 어울려 싸우게 됐네

이때 산짐승들 하나같이 말하였네

겁 없고 용감한 너구리

대장으로 삼자고

그리하여 귀머거리 너구리는

곰, 여우, 멧돼지, 오소리,

삵쾡이, 노루…… 뭇짐승들의 대장 되어

장하게도 앞장서서 싸우러 나갔네

그런데 정말로는 겁 많은 너구리

귀를 먹은 탓에 무서운 소리 못 듣고

소리를 못 들은 탓에

용감하게 보이던 너구리

바로 그 눈 앞에

몽둥이 든 사람들 개들을 앞세우고

오는 것 보자, 그만이야

맨 먼저 질겁을 하며

네 발이 떠서 도망쳤네

귀머거리 겁쟁인 줄 꿈에도 모르고
너구리를 대장 삼고 싸우러 나왔던
산짐승들 이 때에야 깨닫고 말았네
"귀머거리 겁쟁이 너구리를 대장 삼은
우리들이 얼마나 어리석은가!"

귀 먹은 도적놈을 어리석게 대장 삼고
싸우러 나왔던 귀 밝은 도적놈들
이리하여 싸움에서 지고 말았네

산골 총각

어느 산골에
늙은 어미와 총각 아들 하나
가난하게 살았네

집 뒤 높은 산엔
땅 속도 깊이 고래 같은 기와집에
백년 묵은 오소리가 살고 있었네

가난한 사람에 쌀을 빼앗고
힘없는 사람네 옷을 빼앗아
오소리는 잘 먹고 잘 입고
잘 살아갔네

하루는 아들 총각 밭으로 일 나가며
뜰악에 널은 오조 멍석
늙은 어미 보라 했네

"어머니, 어머니, 오조 멍석 잘 보세요
뒷산 오소리가 내려올지 몰라요"

그러자 얼마 안 가 아니나 다를까
뒷산 오소리 앙금앙금 내려왔네

오소리는 댓바람에 오조 멍석에 오더니
이 귀 차고 저 귀 차고
멍석을 두루루 말아 냉큼 들어
등에 지고 가려고 했네

오조 멍석을 지키던 늙은 그 어미
죽을 애를 다 써 소리지르며
오소리를 붙들고 멱씨름했네

그러나 아뿔싸
늙은 어미 힘없어
오소리의 뒷발에 채여서 쓰러졌네
오소리는 좋아라고 오조 멍석 휘딱 지고
뒷산 제 집으로 재촉재촉 돌아갔네

해 저물어 일 끝내고 아들 총각 돌아왔네

오조 멍석 간 곳 없고 늙은 어미 쓰러졌네
오소리가 한 짓인 줄 아들 총각 알아채고
슬프고 분한 마음 한길로 달려갔네
오소리네 집을 찾아 뒷산으로 달려갔네

아들 총각 문밖에서 듣는 줄도 모르고
오소리는 집안에서 가들거려 하는 말

"오조 한 섬 져왔으니 저것으로 무엇 할까?
밥을 질까,

떡을 칠까,

죽을 쑬까,

범벅 할까,

에라 궁금한데

떡이나 치자!"

오소리는 오조 한 말 푹푹 되어 지더니만
사랑 앞 독연자로 재촉재촉 나가누나

이 때 바로 아들 총각 오소리한테 달려들어
덧거리로 힘껏 걸어 모으로 대쳐댔네
그러나 오소리는 넘어질 듯 일어나
뒷발로 걷어차서 아들 총각 쓰러졌네

겨우겨우 제 집으로 돌아 온 아들 총각
채인 것도 날이 지나 거의 다 아물으자
산 넘어 동쪽 마을 늙은 소를 찾아 가서
오소리를 이기는 법 물어 보았네

그랬더니 늙은 소가 대답하는 말
"바른 배지개 들어 바로 메쳐라"

아들 총각 좋아라고 그 길로 달려갔네
오소리네 집이 있는 뒷산으로 달려갔네

아들 총각 문밖에서 듣는 줄도 모르고
오소리는 집안에서 가들거려 하는 말

"기장 한 섬 져왔으니 저것으로 무엇 할까?
밥을 질까,
떡을 칠까,
죽을 쑬까,
노치 지질까,
에라 입맛 없는데
죽이나 쑤자!"

오소리는 기장 한 말 푹푹 되어 지더니만
사랑 앞 독연자로 재촉재촉 나가누나

이때 바로 아들 총각 오소리한테 달려들어
바른 배지개 들어 바로 메쳤네
그러나 오소리는 넘어질 듯 일어나
대가리로 받아 넘겨 아들 총각 쓰러졌네

겨우 겨우 제 집으로 돌아 온 아들 총각
받긴 것도 날이 지나 거의 다 아물으자
산 넘어 서쪽 마을 장수 바위 찾아가서

오소리를 이기는 법 물어 보았네

그랬더니 장수바위 대답하는 말
"왼 배지개 들어 외로 메쳐라"

아들 총각 좋아라고 그 길로 달려갔네
오소리네 집이 있는 뒷산으로 달려갔네

아들 총각 문밖에서 듣는 줄도 모르고
오소리는 집안에서 가들거려 하는 말

"찰벼 한 섬 져왔으니 저것으로 무엇 할가?
밥을 질가,
떡을 칠가,
죽을 쑬가,
전병 지질가,
에라 시장한데
밥이나 짓자!"

오소리는 찰벼 한 말 푹푹 되어 지더니만
사랑 앞 독연자로 재촉재촉 나가누나

이때 바로 아들 총각 오소리한테 달려들어
왼 배지개 들어 외로 메쳤네
그러나 오소리는 넘어질 듯 일어나
이빨로 물고 닥채 아들 총각 쓰러졌네

겨우겨우 제 집으로 돌아온 아들 총각
물린 것도 날이 지나 거의 다 아물으자
산 넘어 남쪽 마을 늙은 영감 찾아 가서
오소리를 이기는 법 물어 보았네

그랬더니 늙은 영감 대답하는 말
"통 배지개 들어 거꾸로 메쳐라"

아들 총각 좋아라고 그 길로 달려갔네
오소리네 집이 있는 뒷산으로 달려갔네

아들 총각 문밖에서 듣는 줄도 모르고
오소리 집안에서 가들거려 하는 말

"수수 한 섬 져왔으니 저것으로 무엇할까?
밥을 질까,
떡을 칠까,
죽을 쑬까,
지짐 지질까,
에라 배도 부른데
지짐이나 지지자!"

오소리를 수수 한 말 푹푹 되어 지더니만
사랑 앞 독연자로 재촉재촉 나가누나

이때 바로 아들 총각 오소리한테 달려들어
통 배지개 들어 거꾸로 메쳤네
그러자 오소리는 쿵하고 곤두박혀
네 다리 쭉 펴고 삐쭈룩 죽고 말았네

가난한 사람네 쌀을 빼앗고
힘없는 사람네 옷을 빼앗아
땅 속에 고래 같은 기와집 짓고
잘 입고 잘 먹던 백년 묵은 오소리
이렇게 하여 죽고 말았네

그러자 아들 총각 이 산골 저 산골에
널리널리 소문 났네

백년 묵은 오소리 둘러메쳐 죽었으니
쌀 빼앗긴 사람 쌀 찾아가고
옷 빼앗긴 사람 옷 찾아가라고
그리고 땅 속 깊이 고래 같은 기와집은
땅 위로 헐어내다 여러 채 집을 짓고
집 없는 사람들에게 들어 살게 하였네

이리하여 어느 산골 가난한 총각 하나
오소리 성화 받던 이 산골, 저 산골을
평안히 마음놓고 잘들 살게 하였네

어리석은 메기

어느 산골 조그만 강에
메기 한 마리 살고 있었네

넓적한 메가네
왁살스럽고 쭉 뻗친 수염
위엄이 있어
모래지, 버들치, 잔고기들이
그 앞에선 슬슬 구멍만 찾았네

산골에 흐르는 조그만 강이
메기에게는 을시년스럽고
산골 강에 사는 잔고기들이
메기에게는 성 차지 않았네

이런 메기는 그 언제나 용이 돼서
하늘로 오르고 싶었네

하루는 이 메기 꿈을 꾸었네
조그만 강을 자꾸만 내려가

큰 강 되고,
크나큰 강을 자꾸만 내려가
넓은 바다 되더니,
넓은 바다 설레는 물 속에서
푸른 실, 붉은 실 입에 물고
하늘로 둥둥 높이 올랐네

그러자 꿈을 깬 메기의 생각엔
이것은 분명 용이 될 꿈!

메기는 너무도 기쁘고 기뻐
그 길로 강물을 내려갔네
옆도 뒤도 돌볼 새 없이
급히도 급히도 헤엄쳐갔네

옆에서 참게가 어디 가나 물으면
메기는 눈 거들떠보지도 않고
"용이 되러 가네" 대답하였네

뒤에서 뱀장어가 어디 가나 물으면
메기는 눈 돌이켜 보지도 않고
"용이 되러 가네" 대답하였네

작은 강을 자꾸만 내려가
큰 강 되고
큰 강을 자꾸만 내려가
넓은 바다 나설 때
늙은 숭어 한 마리 메기 앞을 막으며
어디로 가느냐 말 물었네

메기는 장한 듯 대답하는 말
"용이 되러 가네"

늙은 숭어 웃으며 다시 하는 말
"이렇듯 늙은 나도 못 되는 용,
젊은 메기 네가 어떻게 된담!"

이 말 듣자 메기는 꿈 이야기 하였네

그 좋은 꿈 이야기 늘어놓았네

그러자 늙은 숭어 껄껄 웃어 하는 말
"그것은 다름 아닌 낚시에 걸릴 꿈"

이 말에 메기는 가슴이 철렁
그러자 얼른 눈 둘러보니
실 같이 가느단 빨간 지렁이
웬일인가 제 옆으로 흘러가누나

작은 강, 큰 강 헤엄쳐 내리며
배도 출출히 고픈 김이라
용도 꿈도 낚시도 다 잊은 메기
지렁이도 낚싯줄도 덥석 물었네

꿈에 물은 붉은 실, 붉은 지렁이
꿈에 물은 푸른 실, 푸른 낚싯줄
꿈에 둥둥 하늘로 오른 그대로
낚싯줄에 둥둥 달려 메기 올랐네

어리석고 헛된 꿈을 믿어

용이 되려 바다로 내려 왔다가

낚시에 걸려 죽게 된 메기

눈에 암암 자꾸만 보이는 것은

산골에 흐르는 조그만 강

그 강에 사는 작은 고기들

산골에 흐르는 조그만 강

그 강에 사는 작은 고기들

이것들이 차마 잊히지 않아

메기는 자꾸만 몸부림쳤네

낚시를 벗어나려 푸덕거렸네

가재미와 넙치

옛날도 옛날 바다 나라에
사납고 심술궂은 임금 하나 살았네

하루는 이 임금 가재미를 불렀네
가재미를 불러서 이런 말 했네
"가재미야, 가재미야,
하루 동안에 은어 3백 마리 잡아 바쳐라"

이 말 들은 가재미 어이없었네
은어 3백 마리 어떻게 잡나!

하루 낮, 하룻밤이 다 지나가자
임금은 가재미를 다시 불렀네
"은어 3백 마리 어찌 되었나?"

이 말에 가재미 능청맞게 말했네
"은어들을 잡으러 달려갔더니
그것들 미리 알고 다 달아났습니다"

이 말 듣자 임금은 독같이 성이 나
가재미의 왼뺨을 후려갈겼네
임금의 주먹 바람 어떻게나 셌던지
가재미의 왼눈 날아 바른쪽에 가 붙었네

가재미는 얼빠진 듯 물 밑 깊이 달아나
모래 파고 들어박혀 숨어 버렸네

사납고 심술궂은 바다 나라 임금은
이리저리 가재미를 찾고 찾으나
가재미는 꼭꼭 숨어 보이지 않았네

다음날 임금은 넙치를 불렀네
넙치를 불러서 이런 말 했네
"넙치야, 넙치야,
하루 동안에 장치 3백 마리 잡아 바쳐라"

이 말 들은 넙치 어이없었네
장치 3백 마리 어떻게 잡나!

하루 낮 하룻밤이 다 지나가자
임금은 넙치를 다시 불렀네
"장치 3백 마리 어찌 되었나?"

이 말에 넙치는 능청맞게 말했네
"장치들을 잡으러 달려갔더니
그것들 미리 알고 다 달아났습디다"

이 말 듣자 임금은 독같이 성이 나
넙치의 바른 뺨을 후려갈겼네
임금의 주먹 바람 어떻게나 셌던지
넙치의 바른 눈 날아 왼쪽에 가 붙었네

넙치는 얼빠진 듯 물 밑 깊이 달아나
모래 파고 들어박혀 숨어 버렸네

사납고 심술궂은 바다나라 임금은
이리저리 넙치를 찾고 찾으나
넙치는 꼭꼭 숨어 보이지 않았네

가재미도 넙치도 이때로부터
물밑 모래판을 떠나지 않네

이제는 바다 나라 복된 바다
사납고 심술궂은 임금도 없네

그러나 옛일이 그대로 무서워
가재미와 넙치는 떠나지 않네
물 밑 모래판을 떠나지 않네

나무 동무 일곱 동무

어느 깊은 산골짝
빽빽한 나무판에
나무 동무 일곱 동무
사이 좋게 살아갔네

이깔나무, 잣나무, 봇나무, 참나무,
박달, 분비, 그리고 보섭
어린 나무 동무들 즐거이 살아갔네

나무 동무 일곱 동무 마음도 같아
자라고 자라서 늙어 쓰러져
그대로 썩어지긴 차마 싫었네
저희들이 태어난 이 나라에서
저희들의 힘대로 저희들의 원대로
나라 위해 일 하려 마음먹었네

바람 따사한 봄철 날에
단풍잎 고운 가을날에
나무 동무 일곱 동무 모여 앉아서

서로들 오손도손 이야기했네

"커서는 우리들 무엇이 될까?
커서는 우리들 무슨 일 할까?"

이럴 때면 잣나무는 말하였네
"나는 커서 우리 아버지처럼
크나큰 집 문짝 되려네"

보섭나무는 말하였네
"나는 커서 우리 할아버지처럼
탄광의 동발 될 테야"

이깔나무는 말하였네
"나는 커서 우리 맏아버지처럼
높다란 전선대 될걸"

분비나무는 말하였네
"나는 커서 우리 형들처럼

고깃배의 배판장 된다누"

봇나무는 말하였네
"나는 커서 우리 아저씨처럼
희고 미끄러운 종이 되겠네"

박달나무는 말하였네
"나는 커서 우리 외삼촌처럼
밭갈이 연장 되고파"

참나무는 말하였네
"나는 커서 우리 작은아버지처럼
철도의 괴목 될 테야"

나무 동무 일곱 동무 밤마다 꿈꾸었네
괴목이 되는 꿈
전선대가 되는 꿈
배판장이 되는 꿈
연장이 되는 꿈

동발이 되는 꿈

종이가 되는 꿈

문짝이 되는 꿈

이렇게 즐겁게도 꿈꾸며 자라는

나무 동무 일곱 동무 겁들도 없어

곰이 와도 무섭지 않았네

범이 와도 무섭지 않았네

또 캄캄 어두운 밤도 무섭지 않았네

이렇게 즐겁게도 꿈꾸며 자라는

나무 동무 일곱 동무 튼튼들도 해

비바람에도 끄떡없이

눈보라에도 끄떡없이

또 찌는 듯 더운 삼복에도

끄떡없이 자라 갔네

글쎄 송충이, 굼벵이, 섶누에, 돗벌레, 진두에,

자벌레며 그리고 좀들 나쁜 벌레들이

그들의 몸뚱이에 붙기라도 하면
그럴 때면
어린 나무 일곱 나무
이런 말들 하였네

"섶누에야, 먹지 말아 나는 커서 동발 될 몸"
"자벌레야, 쏠지 말아 나는 커서 괴목 될 몸"
"진두야, 끄리지 말아 나는 커서 종이 될 몸"
"돗벌레야, 파지 말아 나는 커서 배판장 될 몸"
"좀아, 집지 말아 나는 커서 연장 될 몸"
"송충이야, 깍지 말아 나는 커서 문짝 될 몸"
"굼벵이야, 욱이지 말아 나는 커서 전선대 될 몸"

이렇게 그들은 키 크고 몸도 나
하늘이 낮다고 다 자라갈 때
그것은 늦가을 어느 아침 날
세상 소식 잘 아는 건넌산 늙은 까치
푸루룩 날아와 소식 전했네
"나무 동무 일곱 동무 너희들은 아느냐

원수들이 우리 나라 쳐들어 온 걸?"

이 말 들은 나무 동무 일곱 동무
그들의 마음 꿋꿋들도 해
이렇게 서로들 같은 말 했네

"우리들도 원수들과 싸워야 한다
원수들이 산 위로 올라오면
산에서 우리 싸워대자
그놈들이 오는 때엔 오는 길을 막고
그놈들이 가는 때엔 가는 길을 막자
그리고 나라에서 우리를 불러
싸움터로 나와 싸우라 하면
그 때엔 우리 얼른 싸움터로 나가자
참호의 서까래가 되어도 좋고
다리의 기둥이 되어도 좋다"

늙은 까치 전하던 그 말은 맞아
나무 동무 사는 골짜기 위로

원수놈의 비행기 날아다니고
원수놈의 폭격 소리 울려왔네

그러던 어느 하루
눈은 많이 쌓이고, 바람도 센 밤
나무 동무 일곱 동무네 깊은 골짜기
그리로 무엇들 들어왔네
사람인가 하면 사람 아니고
짐승인가 하면 짐승 아닌 것들
기진맥진하여 들어왔네

나무 동무 일곱 동무 보면 아는
그런 사람들이 아니었고
나무 동무 일곱 동무 들으면 아는
그런 말들이 아니었네

눈보라치는 깊은 골짜기
추위와 어둠 속에 갈팡질팡
나갈 길 찾아 헤매돌다가

쓰러지며 신음하는 몸뚱이 셋

나무 동무 일곱 동무 이때 알았네
그것들이 다름 아닌 원수들인 줄
나무 동무 일곱 동무
정신이 홱 들며
원수에 대한 미움과 분한 그 마음들
깊이서 치솟았네

이때에 나무 동무 일곱 동무
잎새 와슬렁 가지 우수수
가지가지 신호로 온 산에 알렸네
원수놈들 한 놈도 놓치지 말자고

눈보라 날치는 무서운 밤
길 넘는 눈을 헤쳐가며
원수놈들 길을 뚫고 나가려고 애쓸 때

나무 동무 한 동무 이깔나무는

짐부러진 가지들에 지붕처럼 덮인 눈
내려 쏟아 원수들에게 눈벼락 내렸네

나무 동무 한 동무 봇나무는
미끄러운 등걸에 원수놈들 기대자
날쌔게 몸을 삐쳐 놈들을 곤두박았네

나무 동무 한 동무 보섭나무는
그 커다란 마른 잎새 설렁설렁 떨어
산속 유격대에게 원수놈들 알려주었네

나무 동무 한 동무 분비나무는
억센 다리 떡 벌리고 골짜기의 목을 지켜
원수놈들 빠져나갈 길을 막았네

나무 동무 한 동무 잣나무는
크나큰 그 키를 어둠 속에 늘여
볼수록 우뚝 더욱 커져서
원수들을 무서워 떨게 했네

나무 동무 한 동무 참나무는
비탈에 가만히 숨어 서서
단단한 가지들을 힘껏 벌려
골짜기를 빠지려는 원수들의
목덜미를 잡아제꼈네

나무 동무 한 동무 박달나무는
세찬 발마에 소리 높이
회초리를 자꾸만 휘둘러서
밑으로 달려드는 원수들을
사정없이 후려갈겼네

나무 동무 일곱 동무 모두 다 용감히
있는 힘 다 내여 원수들과 싸웠네
온 골짜기 나무들의 앞장을 서서
있는 힘 다 내어 원수들과 싸웠네

그 뒤로 한 해 지난 어느 여름 날
세상 소식 잘 아는 건넌산 늙은 까치

또다시 날아와 소식 전했네
"나무 동무 일곱 동무 너희들은 아느냐?
우리 나라 쳐왔던 흉악한 원수들
싸움에 지고 달아났단다!"

이 말 들은 나무 동무 일곱 동무
모두들 춤추며 기뻐하였네
기뻐하며 다 같이 생각하였네

"나라에서 이제 우릴 부를지 몰라
불타고 무너진 것 다시 세울 때
전에 없던 것들을 새로 만들 때
우리네 나무들은 없지 못할 것
나라에서 우리를 부르는 때면
그 때엔 몸과 마음 바쳐 나가자!"

나무 동무 일곱 동무
이 생각 할 때
하루는 나라에서 사람 왔네

그는 나무들을 부르러 온 사람

나라에 몸 바칠 나무 부르러 온 사람

나무들을 모아 놓고 그는 말했네

"원수들과 싸우고 난 나라에서는

나와서 일 할 나무 기다리오

전선대가 될 나무

배판장이 될 나무

동발 괴목이 될 나무

문짝, 연장이 될 나무

그리고 종이가 될 나무를

간절히 기다리오"

이 말 들은 나무 동무 일곱 동무

저마끔 먼저 나와 제 소원들 말했네

저마끔 앞 다투어

제 먹은 뜻 말했네

이리하여 나무 동무 일곱 동무

나라에서 나오라는 기다리던 부름 받아
나서 자란 산을 떠나갔네
강물을 헤엄쳐 내려갔네
기차를 타고 달려갔네
화물 자동차에 실려갔네

그리하여 잣나무는
평양 거리 한복판 크나큰 극장의 문짝 되어
자랑스런 얼굴을 번쩍이며 수 많은 사람을
들여보내네, 내여 보내네

그리하여 보섭나무는
소문난 안주 탄광 수백 자 땅밑에서
든든한 동발 되어 무거운 탄돌기를
그 어깨로 떠받치네

그리하여 이깔나무는
삭주-구성 큰 길가에 우뚝 높은 전선대 되어
열두 전선을 늘여 쥐고 거리거리로, 마을마을로

전기를 보내네, 불을 보내네

그리하여 분비나무는
넓고 넓은 서해 바다 중선배의 배판장 되어
농어, 민어, 조기, 달째 가지가지 고기 생선
그 팔로 실어 나르네

그리하여 참나무는
평양 – 안동 본선 철도 레일의 괴목 되어
객차, 화차, 급행차, 완행차 그리고 특별 열차, 국제 열차
도 거침없이 늘어 보내네

그리하여 박달나무는
평양 농기계 공장 들어가
말쑥하게 다듬키워 보섭채 되어
느림줄 멋지게 허리에 달고
연안벌 넓은 벌에 해가 맞도록
제 나라 살찐 땅을 갈아엎네

그리하여 봇나무는
길주 제지 공장 찾아가서
약물로 미역 감고 흐늑흐늑 녹아
펄프가 되었다가 종이가 되어
그림과 옛말을 들고 나오네
산수 문제를 들고 나오네

이리하여 어느 산골
나무 동무 일곱 동무
언제나 꿈꾸며 바라던 대로
나라 위해 몸과 마음 바쳐 일하네

말똥굴이

이 세상 어느 곳에 새 한 마리 산다네
재주 없고 게으른 새 한 마리 산다네

새맨가 하면 새매 아니고
독수린가 하면 독수리 아닌
날쌔지도 억세지도 못한
새 한 마리 산다네

갈밭 위를 빙빙 떠돌다가는
동비탈에 풀썩 내려앉고
동비탈에 우두머니 깃을 다듬단
이 논배미 저 논배미 넘고 넘네

나는 새를 잡으려 하나
날쌔지 못해 못 잡고
기는 짐승을 잡으려 하나
게을러서 못 잡고
하늘에 떠서는 메추리 생각만
땅에 앉아선 들쥐 생각만

아침 가고 낮이 오고
낮 가고 저녁이 와
재주 있고 부지런한 뭇새들이
배부르고 즐거워 노래부르며
보금자리 찾아서 돌아들 올 제
이 세상 어느 곳 새 한 마리,
재주 없고 게으른 새 한 마리는
날아가고 날아오다 눈에 띠우는
말똥덩이 바라고 내려앉네
메추리로 여겨서 내려앉네
들쥐로 여겨서 내려앉네
재주 없고 게으른 새 한 마리
말똥덩이 타고 앉아 쿡쿡 쪼으며
멋없이 성이 나 중얼대는 말
"털이나 드문드문 났으면 좋지
피나 쭐쭐 꼴으면 좋지!"

이때에 지나가던 뭇새들이
이 꼴이 우스워 내려다보며

서로 지껄여 비웃어 주는 말
"재주 없고 게을러 말똥만 쫓는
네 이름 다름 아닌 말똥굴이!"

배꾼과 새 세 마리

어느 때 어느 곳에 뱃꾼 하나 살았네
하루는 난바다에 고기잡이 나갔더니
센바람에 돛 꺾이고
큰 물결에 노를 앗겨
바람 따라 물결 따라
밤낮 없이 떠 흘렀네

배고프고 목마르고 비 맞아 몸은 얼고
가엾은 이 배꾼은 거의거의 죽어 갔네
그러자 난데없는 새 세 마리 날아 왔네

한 새는 고물 밀고
한 새는 이물 끌고
또 한 새는 뱃전 밀어
어느 한 섬 다닫았네

섬에 오른 이 배꾼 목숨 건져 고마우나
앉아 걱정 서서 걱정
자꾸만 걱정했네

그러자 새 한 마리 배꾼 보고 물었네
"배꾼 아저씨, 배꾼 아저씨, 무슨 걱정 그리 해요?"

이 말 들은 배꾼이 대답하는 말
"돛대 없어 걱정이다 노가 없어 걱정이다"

이때에 새 한 마리 얼른 하는 말
"그런 걱정 아예 마오. 돛대 삿대 내 만들게"

이때부터 톱새는 하루 종일 톱질했네
삐꿍삐꿍 톱질했네
돛대감 노감을 자르느라고

돛대 없어 노대 없어 걱정하던 이 배꾼
돛대 얻어 노대 얻어 걱정도 없으련만
그러나 웬일인지 자나깨나 걱정이네

그러자 새 한 마리 배꾼 보고 물었네
"배꾼 아저씨, 배꾼 아저씨, 무슨 걱정 그리 해요?"

이 말 들은 배꾼이 대답하는 말
"들물 몰라 걱정이다 썰물 몰라 걱정이다"

이때에 새 한 마리 얼른 하는 말
"그런 걱정 아예 마오 들물 썰물 내 알릴게"

이때부터 도요새는 물때마다 외쳐댔네
도요 도요 외쳐댔네
밀물이 또 미는 걸 알리노라고

들물 몰라 썰물 몰라 걱정하던 이 배꾼
들물 알고 썰물 알아 걱정도 없으련만
그러나 웬일인지 자나깨나 걱정이네

그러자 새 한 마리 배꾼 보고 물었네
"배꾼 아저씨, 배꾼 아저씨, 무슨 걱정 그리 해요?"

이 말 들은 배꾼이 대답하는 말
"무채 없어 걱정이다 외채 없어 걱정이다"

이때에 새 한 마리 얼른 하는 말
"그런 걱정 아예 마오 무채 외채 내 썰을게"

이때부터 쑥쑥새는 저녁이면 채 썰었네
쑥쑥 쑥쑥 채 썰었네
무나물 외나물을 무치노라고

그러자 이 배꾼은 걱정 근심 하나 없이
들물 따라 썰물 따라 그물질을 나갔다네
도요새가 알리는 소리 듣고

그러자 이 배꾼은 걱정 근심 하나 없이
돛을 달고 노를 저어 먼 바다에 배질했네
톱새가 잘라 놓은 돛대와 노로

그러자 이 배꾼은 걱정 근심 하나 없이
무채나물 외채나물 저녁 찬도 맛있었네
쑥쑥새가 썰어 무친 채나물로

준치가시

준치는 옛날엔 가시 없던 고기
준치는 가시가 부러웠네
언제나 언제나 가시가 부러웠네

준치는 어느 날 생각다 못해
고기들이 모인 데로 찾아갔네
큰 고기, 작은 고기, 푸른 고기, 붉은 고기,
고기들이 모인 데로 찾아갔네

고기들을 찾아가 준치는 말했네
가시를 하나씩만 꽂아 달라고

고기들은 준치를 반겨 맞으며
준치가 달라는 가시 주었네
저마끔 가시들을 꽂아 주었네

큰 고기는 큰 가시
잔 고기는 잔 가시
등 가시도 배 가시도 꽂아주었네

가시 없던 준치는 가시가 많아져
기쁜 마음 못 이겨 떠나려 했네
그러나 고기들의 아름다운 마음!
가시 없던 준치에게 가시를 더 주려
간다는 준치를 못 간다 했네

그러나 준치는 염치 있는 고기
더 준다는 가시를 마다고 하고
붙잡는 고기들을 뿌리치며
온 길을 되돌아 달아났네

그러나 고기들의 아름다운 마음!
가시 없던 준치에게 가시를 더 주려
달아나는 준치의 꼬리를 따르며
그 꼬리에 자꾸만 가시를 꽂았네
그 꼬리에 자꾸만 가시를 꽂았네

이때부터 준치는 가시 많은 고기
꼬리에 더욱이 가시 많은 고기

준치를 먹을 때엔 나물지 말자

가시가 많다고 나물지 말자

크고 작은 고기들의 아름다운 마음인

준치 가시를 나물지 말자

까치와 물까치

뭍에 사는 까치
배는 희고 등은 까만 새,
물에 사는 물까치도
배는 희고 등은 까만 새.

까치와 물까치는
그 어느 날
바닷가 산길에서
서로 만났네,

까치와 물까치는
서로 만나
저마끔 저 잘났단
자랑하였네.

까치는 긴 꼬리 달싹거리며
깍깍 깍깍깍 하는 말이
"내 꼬리는 새까만 비단 댕기"
물까치는 긴 부리 들먹거리며

삐삐 삐리리 하는 말이
"내 부리는 붉은 산호 동곳"

깍깍 깍깍깍 까치 말이
"내 집은 높다란 들메나무
맨맨 꼭대기에 지었단다"

삐삐 삐리리 물까치 말이
"내 집은 바다 우 머나먼 섬
낭떠러지 끝에 지었단다"

깍깍 깍깍깍 까치 말이
"산에 산에 가지가지
새는 많아도 벌레를 잡는 데는
내가 으뜸"

삐삐 삐리리 물까치 말이
"바다에 가지가지
물새 많아도

물 속 고기 잡는 데는
내가 으뜸"

깍깍 깍깍깍 까치 말이

"나는나는 재간도
큰 재간 있지—
우리 산골 뉘 집에
손님 올 걸
나는 먼저 알구
알려준다누"

삐삐 삐리리 물까치 말이
"나두나두 재간 있지
큰 재간 있지—
우리 개포 바다에
바람 불 걸
나는 먼저 알구
알려준다누"

깍깍 깍깍깍 까치 말이
"너는너는 아무래야
보지 못했지,
우리 산골 새로 된 협동조합에
농짝 같은 돼지를
보지 못했지"

삐삐 삐리리 물까치 말이
"너는너는 아무래야
보지 못했지,
물 건너 저 앞섬 합작사에
산같이 쌓인 조기
보지 못했지"

까치는 꼬리만 달싹달싹
한동안 잠잠 말이 없더니
갑자기 깍깍깍
큰소리쳤네—
"그래 나는, 우리나라

새로 선 큰 공장

높은 굴뚝마다에

뭉게뭉게 피여나는

검은 연기 보았지"

물까치는 부리만 들먹들먹

한동안 잠잠 말이 없더니

갑자기 삐리리

큰소리 쳤네―

"그래 나는, 우리나라

넓고 넓은 바다에

크나큰 통통선

높은 돛대마다에

펄펄펄 휘날리는

풍어기를 보았지"

그러자 까치는

자랑 그치고

기다란 꼬리를

달싹거리며

"물까치야, 물까치야
서로 자랑 그만하자,
너도 잘난 물새
나도 잘난 산새,
너도 우리나라 새
나도 우리나라 새
우리나라 새들
다 잘났구나!"

이 말 들은 물까치
자랑 그치고
기다란 부리를 들먹거리며

"서로 자랑 그만하자,
너도 잘난 산새
나도 잘난 물새
너도 우리나라 새

나도 우리나라 새,
우리나라 새들
다 잘났구나!"

바닷가 산길에서
서로 만나
저마끔 저 잘났단
자랑하던
까치와 물까치는
훨훨 날았네―
뭍으로 바다로
쌍을 지어 날았네―

크고도 아름답게 일떠서는
우리나라
모두모두 구경하려
훨훨 날았네,
모두모두 구경하려
쌍을 지어 날았네.

※ 〈까치와 물까치〉는 동화시로는 백석이 최초로 쓴 작품으로 1956년 『아동문학』 1956년 1호에 발표했다. 이 시는 『집게네 네 형제』 동화시집에는 포함되지 않았다.

부록

▣ 사진으로 보는 백석 ▣

▲ 도쿄 청산학원(靑山學院) 시절의 백석(1931)

▲ 고흐의 보리밭같은 머리스타일로 영어 강의하는 백석(1937)

▲ 백석 졸업앨범 사진(1937)

▲ 시인 김동명과 함께 영생고보
교지 〈영생〉 편집중인 백석

▲ 영생고보 교정에서 백석(1937)

▲ 영생고보 교무실에서 교재 연구중인 백석

▲ 영생고보 교내 운동장에서 축구부원들과 함께(1937.가을)

▲ 영생고보 크리스마스 연극제

▲ 백석의 첫사랑 란(박경련)   ▲ 결혼한 란과 신현중

▲ 정현웅(화가)   ▲ 신현중 조선일보 기자

이것은 靑年詩人이고
雜誌女性編輯者
밋스터 —白石의,
프로필이다,

미스터 —白石은 밤루
내 오울즉 여긔에서
深刻한 表情으로
寫眞을 오리기도하고
와 리쓰게 도 하고있다、 그래서 나는 밤낮
미스터 白石의 深刻한 프로필만)보게된다
미스터 白石의 피로필은 偶像과 같이 바름답다
미스터 白石은 西班牙사람도 같고
미스터 白石은 偶像된 女子를 좋아 하는 것같다
미스터 白石은 외로운 사람이란 것
미스터 白石에게 西班牙 舞踊家이옷을 입히면
꼭 어울일것이라고 생각한다 以下略…

▲ 1939년 7월 『문장』지에 삽화로 정현웅이 그린 백석의 캐리커처

▲ 김영한(자야) 씨가 법정스님에게 기부한 길상사(대원각)

▲ 길상사 영내에 마련된 김영한 씨를 기리는 공덕비와 사당

▲ 궁중무 〈춘앵전〉을 추고 있는 김자야 (장발 화백이 그린 1930년대 엽서)

▲ 공덕비 옆에 있는 백석과 김자야의 사연

▲ 김자야

▲ 정현웅이 북에서 그린 1957년경의 백석

편집 후기

분단을 극복한 천재시인 백석

백시나(매직하우스 대표)

　1987년 6·10 민주화투쟁의 성과로 정치적인 민주화뿐만 아니라 사회 다방면에 많은 영향을 주었다. 그 중에서도 국토 분단으로 인해 학습 및 연구가 불가능했던 뛰어난 작가들의 작품이 해금되면서, 우리는 홍명희. 정지용, 이용악 등 당시 뛰어난 작가 시인들과 함께 백석의 탁월한 시를 감상할 수 있게 되었다.

　백석은 1912년 평안북도 정주에서 출생하여 오산교보와 일본 청산학원에서 영문학을 공부했다. 이후 백석은 조선일보에 〈정주성〉을 발표하면서 작품활동을 시작해 1936년 첫 시집 『사슴』을 발표했다. 『사슴』은 100부 한정판으로 발행되었지만 그 영향력은 참으로 대단했던 것으로 전해진다. 조선일보에서는 출판기념회를 알리는 광고를 내주었으며 당시 내로라하는 문인들이 자리를 함께했다.

　이런 백석은 평안북도 정주 고향에서 해방을 맞이했고, 이어 곧 38선이 그어져 백석은 북한에 남게 되었다. 엄밀히 얘기한다면 백석은 월북 또는 납북작가에 속하는 시인이 아니다. 단지 고향이 이북이었기에 고향을 떠나지 않은 채 북한에 남았을 뿐이다. 하지만 분단 이후 한국의 상황은 백석에게 그리 관대하지 않았다. 더욱이 한국전쟁 이후 그런 백석에게 월북작가라는 수식어가 부쳐졌고, 결국 백석은 문학사의 저편으로 사라지고 말았다.

하지만 백석이 완전히 잊혀진 것은 아니었다. 백석을 아는 많은 시인들, 평론가들에 의해서 백석은 시나브로 널리 읽혀졌고, 지대한 영향을 끼쳤다. 세계에 내놓아도 손색이 없는 백석의 뛰어난 작품들은 길고 어두웠던 독재의 시대를 이겨내고, 마침내 87년 대항쟁을 통해 우리들 곁으로 오고야 말았다.

그러나 아직 백석에 대한 평가는 제대로 이루어지지 못하고 있다. 백석이 북쪽에서 발표한 여러 작품들이 남쪽에 소개된 것은 해금된 이후 10년 후의 일었다.

이번 시집은 백석의 해방 전 작품은 물론 해방 후 북한에서의 활동까지 총망라해서 엮었다. 백석은 북한에서 아동문학가, 번역가, 시인 등 다양한 활동을 하다가 1995년 작고한 것으로 알려져 있다.

백석의 시가 해금된 지 10년 되던 해인 1997년 나는 대학을 졸업하고 겁 없이 시작한 '시와사회'라는 출판사에서 이 시집의 모태가 된 『나와 나타샤와 흰 당나귀』라는 시집을 출판했다. 그때 나는 '분단에 의해 묻혀진 천재시인 백석'이라는 카피를 사용했다. 또한 '월북시인(越北市人) 백석'이라는 과격한 이미지에서 '재북시인(在北詩人) 백석'이라는 부드러운 수식어를 달았다. 지금은 재북시인이라는 용어가 널리 사용되고 있다. 그리고 내가 표제 시로 선정한 〈나와 나타샤와 흰 당나귀〉가 백석의 시 중 가장 사랑받는 시가 된 것에 대해 무한한 자부심을 느낀다. 그 오래된 이야기를 새삼 여기에 다시 밝히는 것은 이 시집을 출판하던 초심을 잊지 않기 위해서이다.

당대 최고의 엘리트이자 모더니스트였던 백석의 시들이 여전히 어렵게 느껴지는 현실을 극복하기 위해서는 오히려 엘리트의 눈으로 백석을 보아서는 안 되겠다는 생각이 들었다.

당시 내가 교류했던 이들은 시집 꽤나 읽고, 시 꽤나 쓴다는 등단하지 않은 문학청년들이었는데, 그들은 하나같이 백석이 어려웠다고 했다. 하지만 백석을 오랫동안 연구했던 사람에게 백석은 최고의 시인이라는 평가를 받았다. 기초적인 문학적 소양을 갖춘 이들에게 백석은 훌륭한 시인이지만 여전히 어려운 시인이었다. 절대 다수의 독자들에게 백석은 이름부터가 낯설고 어려운 존재였다. 나에게도 그랬다. 나도 출판하기로 맘먹고 다시 읽고 주석을 달고 하면서 비로소 백석의 시를 어렵지 않게 느낄 수 있었다.

당시 시집 『나와 나타샤와 흰 당나귀』는 백석 시의 대중화에 초점을 맞추었다. 중고등학교만 나와도 백석 시를 이

해하는데 아무런 장애가 없게 되기를 바라는 마음에서 시집을 기했다.

표현 방식이라든지 정서가 낯설어서 그런 것이 아니었다. 그 풍부한 순 우리말이 어렵게 만든 것이다. 순 우리말에 낯선 우리 세대에게 순 우리말로 가득한 백석의 시들이 쉬울 리가 없었다.

나는 백석 시에 주석을 달면서 순 우리말을 한자어로 바꿔야만 이해를 하게 되는 현실에 많은 슬픔을 느꼈다. 하지만 할 수 없는 노릇이다. 이제 와서 누구 때문에 이 지경이 되었다고 잘잘못을 가릴 생각은 없다. 그저 인정하고 고유어를 한자어로 바꾸어 가면서라도 백석의 시들을 이해해야 하겠다는 것뿐이다.

백석의 시를 보다 쉽게 읽을 수 있도록 시 하단부에 주석을 달았다. 주석을 찾아보는 것 때문에 시의 흐름을 놓치지 않고 감상할 수 있도록 하기 위해서이다. 당시로서는 획기적인 방식이었다. 그리고 이제 그 방식은 백석 뿐만 아니라 그 당시 시인들의 시집을 내는데 있어 기본이 되었다.

당시 내 나이 스물아홉, 새파랗게 젊은 나이였다. 문학적 소양을 검증 받은 적도 없었다. 남들 다 빠져나가는 출판업에 뛰어든 지 반년이 겨우 지나고 있었다. 그런 내가 백석이라는 시인을 다룬다는 것 자체가 주제넘은 일인지도 몰랐다. 그만큼 그 시집은 나에게 부담스러운 시집이었다. 이미

경험 풍부한 많은 출판사에서 백석의 시집을 출판했다. 그럼에도 불구하고 우리 출판사에서 또 다시 출판하는 것이 무슨 의미가 있느냐고 말할지도 모른다. 그러나 우리에게는 이유가 있다. 그 시집은 분명 이유 있는 시집이다.

그 시집은 당시 최고 엘리트였던 백석을 가장 대중적으로 바라보고자 하는 것이다. 가장 대중적으로 바라보기 위하여 가장 대중적인 시집으로 만들고자 했다.

당시 〈나와 나타샤와 흰 당나귀〉는 백석을 연구하는 사람들에게 있어서는 가장 이질적인 시였다. 그래서 별로 눈에 띠지 않는 시였다. 하지만 나는 이 시에 가장 주목했다. 백석의 대중화에 도움을 줄 것이라고 믿었다. 그래서 시집 제목을 『나와 나타샤와 흰 당나귀』라고 했고, 백석의 학생 시절 검은 사진을 표지로 사용했다. 흡사 윤동주를 연상시키는 사진이었다. 하지만 윤동주를 연상시켰다는 것은 매우 잘못된 생각이었다. 백석은 윤동주 보다 선배이면서, 윤동주가 가장 존경했던 시인이었다. 윤동주는 백석의 시집 『사슴』의 필사본을 늘 지니고 다녔다고 한다.

윤동주의 명시 〈별 헤는 밤〉을 다시 읽으면서 귀로만 듣던 이 얘기를 확신했다. 〈별 헤는 밤〉과 백석의 〈흰 바람벽이 있어〉의 연관성을 보았다. 〈별 헤는 밤〉에는 다음과 같은 시구가 있다.

어머님; 나는 별 하나에 아름다운 말 한 마디씩 불러 봅니다. 소학교 때 책상을 같이했던 아이들의 이름과 패(佩), 경(鏡), 옥(玉), 이런 이국 소녀들의 이름과, 벌써 애기 어머니 된 계집애들의 이름과, 가난한 이웃 사람들의 이름과, 비둘기, 강아지, 토끼, 노새, 노루, '프랑시스 잠', '라이너 마리아 릴케', 이런 시인의 이름을 불러봅니다.

백석의 시 〈흰 바람벽이 있어〉에 보면 다음과 같은 시구가 나온다.

하늘이 이 세상을 내일 적에 그가 가장 귀해하고 사랑하는 것들은 모두
가난하고 외롭고 높고 쓸쓸하니 그리고 언제나 넘치는 사랑과 슬픔 속에 살도록 만드신 것이다
초생달과 바구지꽃과 짝새와 당나귀가 그러하듯이
그리고 또 '프랑시쓰 쩸'과 '도연명(陶淵明)'과 '라이넬 마리아 릴케'가 그러하듯이

백석 시에 나오는 프랑스 잠과 라이너 마리아 릴케가 윤동주 시에도 등장한다. 백석이 윤동주에게 이 시를 통해 두 시인을 소개시키는 역할을 했을지도 모른다는 생각을 하게 되었다. 존경하는 시인이 좋아하는 시인이라면 충분히 그럴

것이다. 또한 〈별 헤는 밤〉에 나오는 열거 방식은 백석이 〈모닥불〉 등을 통해서 자주 사용하는 방식이기도 하다.

새끼오리도 헌신짝도 소똥도 갓신창도 개니빠디도 너울쪽도 짚검불도 가락잎도 머리카락도 헝겊 조각도 막대꼬치도 기왓장도 닭의 깃도 개터럭도 타는 모닥불

재당도 초시도 문장(門長) 늙은이도 더부살이 아이도 새사위도 갓사둔도 나그네도 주인도 할아버지도 손자도 붓장사도 땜쟁이도 큰개도 강아지도 모두 모닥불을 쪼인다

모닥불은 어려서 우리 할아버지가 어미아비 없는 서러운 아이로 불쌍하니도 몽둥발이가 된 슬픈 역사가 있다

〈모닥불〉 전문

이 시는 수능 및 모의고사에 단골로 나오는 작품이다. 특별한 종결어미나 서술어 없이. 예스러운 명사들의 나열을 통해 고향의 정취를 형상화해낸 탁월한 시다. 모닥불은 강렬한 이미지의 시어이지만, 마지막 연에서 화자가 연상해낸 것은 아프고 슬픈 역사이다. 하지만 이 슬픈 역사도 모닥불 속에 사라지고 말 것이라고 암시한다. 일제 강점기 이전에도 가난했고, 일제 강점기에는 더욱 슬픈 현실을 보여주고

있다.

백석의 시에는 가난했던 민중들의 모습이 많이 나온다. 일제 강점기의 특징은 조선 사회에서 상류사회를 형성했던 사대부(양반계급)들이 대부분 친일부역자들이 되었다는 것이다. 보통 나라가 망하면 지배계급들이 제일 타격이 크지만, 조선의 사대부들 대부분은 일본제국주의에 적극적으로 협력하면서 상위계급을 여전히 형성하고 있었다. 어쩌면 조선의 멸망은 사대부들의 약속된 지위를 바탕으로 한 투항이었는지도 모른다. 나라는 망했지만 사대부들의 부와 권력이 망한 것은 아니었다. 이후 일제에 협력했던 사대부들은 해방이 되고나서도 친일 부역의 대가를 치르지 않고 그대로 대한민국의 메인스트림이 되었다. 그래서 백석의 시가 일제에 대한 저항정신이 약하다는 말은 억지스럽다. 백석의 시에 나오는 대부분의 인물들은 가장 가난했던 민중들이다. 백석은 그들 민중들의 아픈 삶을 그리면서 일제 강점기 지배계급들의 횡포를 보여주고 있다. 민중들에게 중요한 것은 일본제국주의의 횡포만이 아니었다. 나라를 팔아먹은 사대부들에 의한 가혹한 착취도 문제였다. 몇 백 년 전에 일본이 왜란을 일으켰을 때 왕이며 사대부들은 궁궐을 버리고 도망갔다. 도망간 궁궐을 불태운 것도 조선의 민중이었지만, 의병을 일으켜서 목숨을 바쳐 나라를 찾은 자들 역시 가난한 민중이었다. 나라가 망하고 일본제국주의가 들어왔지만 그들을 몰아내려고 싸운 자들은 그들에게 핍박받고 수탈당하던 민중들이었다. 물론 사대부 출신의 독립 운동가들도 많았다. 하지만 최익현, 안중근처럼 그들이 꿈꾸던 나라는 자유대한이 아니라, 여전히 엄격한 신분제를 바탕으로 한 사대부가 이끌어가는 대한제국의 부활이었다.

차디찬 아침인데

묘향산행(妙香山行) 승합자동차(乘合自動車)는 텅하니 비어서

나이 어린 계집아이 하나가 오른다

옛말속같이 진진초록 새 저고리를 입고

손잔등이 밭고랑처럼 몹시도 터졌다

계집아이는 자성(慈城)으로 간다고 하는데

자성(慈城)은 예서 삼백오십리(三百五十里) 묘향산(妙香山) 백오십리(百五十里)

묘향산(妙香山) 어디메서 삼촌이 산다고 한다

쌔하얗게 얼은 자동차(自動車) 유리창 밖에

내지인(內地人) 주재소장(駐在所長) 같은 어른과 어린아이 둘이 내임을 낸다

계집아이는 운다 느끼며 운다

텅 비인 차(車)안 한구석에서 어느 한 사람도 눈을 씻는다

계집아이는 몇 해고 내지인(內地人) 주재소장(駐在所長)집

에서

　밥을 짓고 걸레를 치고 아이보개를 하면서

　이렇게 추운 아침에도 손이 꽁꽁 얼어서

　찬물에 걸레를 쳤을 것이다

〈팔원〉 전문

　수능 및 모의고사에 자주 나오는 이 시는 1939년 11월 10 일, 〈조선일보〉에 발표된 작품이다. 백석은 평안북도 지방을 여행하면서 '서행시초(西行詩抄)'라는 제목으로 시를 발표했고, 이 시는 그 세 번째 시다. 이 작품에서 시인은 평안북도 영변군의 팔원면을 지나가다 보게 된 승합차 안과 바깥의 풍경을 그리고 있다. 팔원은 김소월 시 〈진달래꽃〉에 나오는 평안북도 영변에 있는 마을이다. 지금은 북한의 핵 실험 기지가 있는 곳이다.

　손잔등이 밭고랑처럼 터질 만큼 몹시 힘들게 살아왔을 어린 소녀는 내지인 주재소장(일본 경찰) 집에서 식모살이를 했을 것이다. 그런데 지금 그 소녀는 자성이란 곳으로 팔려가고 있다. 묘향산에 삼촌이 산다고 했으니 묘향산에 도착하면 아마 자성까지 이 소녀를 데리고 갈 삼촌을 만날 것이다. 아마 어린 나이에 부모를 잃고 삼촌에 의지해 살아야 하지만, 삼촌 역시 가난해서 어린 조카를 남의 집에 식모살이로 팔아넘길 수밖에 없었을 것이다. 차 안에서 같이 우는 사람은 시인 자신일 수도 있고, 이를 지켜보는 사연을 알고 있는 다른 사람일 수도 있다.

　백석은 구체적인 관찰, 절제된 표현을 통해서 어린 소녀의 모습은 아름답고도 슬프게 표현했다. 백석은 이렇게 지나치는 풍경 속에서 자신이 살아가는 사회의 상황을 깊이 있게 포착하는 시선을 가지고 일제 강점기의 우리 민중의 처연한 모습을 표현했다.

어느 사이에 나는 아내도 없고, 또,

아내와 같이 살던 집도 없어지고,

그리고 살뜰한 부모며 동생들과도 멀리 떨어져서,

그 어느 바람 세인 쓸쓸한 거리 끝에 헤매이었다.

바로 날도 저물어서

바람은 더욱 세게 불고, 추위는 점점 더해 오는데,

나는 어느 목수(木手)네 집 헌 삿을 깐,

한 방에 들어서 쥔을 붙이었다.

이리하여 나는 이 습내 나는 춥고, 누긋한 방에서,

낮이나 밤이나 나는 나 혼자도 너무 많은 것 같이 생각하며,

딜옹배기에 북덕불이라도 담겨 오면,

이것을 안고 손을 쬐며 재 위에 뜻 없이 글자를 쓰기도 하며,

또 문 밖에 나가지두 않고 자리에 누워서,

머리에 손깍지베개를 하고 굴기도 하면서,

나는 내 슬픔이며 어리석음이며를 소처럼 연하여 쌔김질하는 것이었다.

내 가슴이 꽉 메어 올 적이며,

내 눈에 뜨거운 것이 핑 괴일 적이며,

또 내 스스로 화끈 낯이 붉도록 부끄러울 적이며,

나는 내 슬픔과 어리석음에 눌리어 죽을 수밖에 없는 것을 느끼는 것이었다.

그러나 잠시 뒤에 나는 고개를 들어,

허연 문창을 바라보든가 또 눈을 떠서 높은 천정을 쳐다보는 것인데,

이 때 나는 내 뜻이며 힘으로, 나를 이끌어 가는 것이 힘든 일인 것을 생각하고,

이것들보다 더 크고, 높은 것이 있어서, 나를 마음대로 굴려 가는 것을 생각하는 것인데,

이렇게 하여 여러 날이 지나는 동안에,

내 어지러운 마음에는 슬픔이며, 한탄이며, 가라앉을 것은 차츰 앙금이 되어 가라앉고,

외로운 생각만이 드는 때쯤 해서는,

더러 나줏손에 쌀랑쌀랑 싸락눈이 와서 문창을 치기도 하는 때도 있는데,

나는 이런 저녁에는 화로를 더욱 다가 끼며, 무릎을 꿇어 보며,

어니 먼 산 뒷옆에 바우섶에 따로 외로이 서서

어두어 오는데 하이야니 눈을 맞을, 그 마른 잎새에는

쌀랑쌀랑 소리도 나며 눈을 맞을,

그 드물다는 굳고 정한 갈매나무라는 나무를 생각하는 것이

었다.

〈남신의주유동박시봉방〉 전문

이 시는 내가 힘들고 지칠 때마다 읽던 시이다. 읽으면 읽
을수록 슬퍼지기도 하고, 그렇게 한참을 슬퍼하다 보면 다
시 힘이 솟게 하는 시이다. 어느 이유에서인가 백석은 아내
도 가족들과도 떨어져 어딘가를 헤매고 있었던 모양이다.
이 시에서 화자는 실패한 인물이다. 어느 목수네 집에 삿을
깐 누추한 곳에 겨우 세를 들어 살고 있지만 '나는 나 혼자
도 너무 많은 것 같다'는 생각이 들 정도로 삶의 의지를 잃
어가고 있다. 화롯불에 불이 담겨오고 타고 남은 재 위에 여
러 글자를 쓰면서 자살을 생각하고 있다. 그러다 문득 눈을
떠서 천장을 보다가 이렇게 된 것이 모두 내 잘못이 아니었
다고 여러 날 동안 생각한다. 그렇게 생각하니 나 자신을 짓
누르던 슬픔 한탄 같은 것은 앙금이 되어 가라앉고 외로움
만 남게 되었다. 그리고 외로운 것은 나뿐만이 아니라는 생
각을 한다. 자신처럼 외롭게 서서 마른 잎새는 쌀랑쌀랑 소
리를 내며 바람과 눈을 맞을 갈매나무를 생각했다. 굳고 정

한 갈매나무를 생각하면서 자기 자신도 굳고 정할 것이라며 화롯불에 다가간다.

오늘 저녁 이 좁다란 방의 흰 바람벽에

어쩐지 쓸쓸한 것만이 오고 간다

이 흰 바람벽에

희미한 십오촉(十五燭) 전등이 지치운 불빛을 내어던지고

때글은 다 낡은 무명샷쯔가 어두운 그림자를 쉬이고

그리고 또 달디단 따끈한 감주나 한잔 먹고 싶다고 생각하는 내

가지가지 외로운 생각이 헤매인다

그런데 이것은 또 어인 일인가

이 흰 바람벽에

내 가난한 늙은 어머니가 있다

내 가난한 늙은 어머니가

이렇게 시퍼러둥둥하니 추운 날인데 차디찬 물에 손은 담그고

무이며 배추를 씻고 있다

또 내 사랑하는 사람이 있다

내 사랑하는 어여쁜 사람이

어느 먼 앞대 조용한 개포가의 나즈막한 집에서

그의 지아비와 마주 앉어 대구국을 끓여놓고 저녁을 먹는다

벌써 어린 것도 생겨서 옆에 끼고 저녁을 먹는다

그런데 또 이즈막하야 어느 사이엔가

이 흰 바람벽엔

내 쓸쓸한 얼굴을 쳐다보며

이러한 글자들이 지나간다

— 나는 이 세상에서 가난하고 외롭고 높고 쓸쓸하니 살어가도

록 태어났다

그리고 이 세상을 살아가는데

내 가슴은 너무도 많이 뜨거운 것으로 호젓한 것으로 사랑으

로 슬픔으로 가득찬다

그리고 이번에는 나를 위로하는 듯이 나를 울력하는 듯이

눈질을 하며 주먹질을 하며 이런 글자들이 지나간다

— 하늘이 이 세상을 내일 적에 그가 가장 귀해하고 사랑하는

것들은 모두

가난하고 외롭고 높고 쓸쓸하니 그리고 언제나 넘치는 사랑

과 슬픔 속에 살도록 만드신 것이다

초생달과 바구지꽃과 짝새와 당나귀가 그러하듯이

그리고 또 '프랑시쓰 쨈'과 '도연명(陶淵明)'과 '라이넬 마리

아 릴케'가 그러하듯이

〈흰 바람벽이 있어〉 전문

누구에게나 첫사랑이 있다. 백석에게도 첫사랑이 있었다.

조선일보를 다니던 백석은 1935년 6월 어느 날, 친구의 결

혼식 피로연에서 친구이자 신문사 동료인 신현중의 소개로

한 여학생을 만난다. 그녀는 이화여고를 다니던 박경련으로 백석은 첫눈에 사랑에 빠진다. 1912년생인 백석은 스물넷, 박경련은 열여덟이었다.

이 여인의 정체는 〈통영2〉에 나온다.

'산 너머로 가는 길 돌각담에 갸웃하는 처녀는 금(錦)이라는 이 같고 내가 들은 마산(馬山) 객주(客主)집의 어린 딸은 난(蘭)이라는 이 같고, 난(蘭)이라는 이는 명정(明井)골에 산다든데'

백석이 사랑한 난은 통영에 있는 명정골에 살았다. 그녀를 사모하는 마음에 통영을 세 번이나 찾은 백석이었지만, 가난하고 신분이 미천한 남자에게 딸을 보낼 수 없다며 완강히 반대하는 그녀의 어머니로 인해 정작 당사자 간엔 말 한마디, 손 한 번 잡지 못하고 끝난 허무한 짝사랑의 상대였다. 이 여인은 백석에게 박경련을 소개시켜준 신현중과 결혼했다.

〈흰 바람벽이 있어〉 시에 나오는 '또 내 사랑하는 사람이 있다 / 내 사랑하는 어여쁜 사람이 / 어느 먼 앞대 조용한 개포가의 나즈막한 집에서 / 그의 지아비와 마주 앉아 대구국을 끓여놓고 저녁을 먹는다 / 벌써 어린 것도 생겨서 옆에 끼고 저녁을 먹는다'는 그의 친구 허준과 난의 모습일지도 모른다. 그 쓸쓸한 마음이 '하늘이 이 세상을 낼 적에 그가 가장 귀해하고 사랑하는 것들은 모두 가난하고 외롭고 높고

쓸쓸하니 그리고 언제나 넘치는 사랑과 슬픔 속에 살도록
만드신 것이다'라는 문학사에 길이 남을 명문장을 만든 것
인지도 모른다.

> 가난한 내가
> 아름다운 나타샤를 사랑해서
> 오늘밤은 푹푹 눈이 나린다
>
> 나타샤를 사랑은 하고
> 눈은 푹푹 날리고
> 나는 혼자 쓸쓸히 앉아 소주(燒酒)를 마신다
> 소주를 마시며 생각한다
> 나타샤와 나는
> 눈이 푹푹 쌓이는 밤 흰 당나귀 타고
> 산골로 가자 출출이 우는 깊은 산골로 가 마가리에 살자
>
> 눈은 푹푹 나리고
> 나는 나타샤를 생각하고
> 나타샤가 아니 올 리 없다
> 언제 벌써 내 속에 고조곤히 와 이야기한다
> 산골로 가는 것은 세상한테 지는 것이 아니다
> 세상 같은 건 더러워 버리는 것이다

눈은 푹푹 나리고

아름다운 나타샤는 나를 사랑하고

어데서 흰 당나귀도 오늘밤이 좋아서 응앙응앙 울을 것이다

〈나와 나타와 흰 당나귀〉 전문

〈나와 나타샤와 흰 당나귀〉는 백석의 시 중에서 가장 많이 사랑받고 가장 많은 사연이 회자되고 있는 작품이다. 백석이 함흥에 있는 영생고보에서 교사로 일하고 있던 때, 기생이던 김영한(김자야, 법명 길상화)을 만나 잠시 동거를 했다. 이때 백석은 김영한 씨가 읽고 있던『당시 선집』에 나오는 이백의 〈子夜吳歌(자야오가)〉에서 따서 그녀에게 '자야'라는 호를 지어 주었다고 한다. 이때가 첫 시집『사슴』을 발표해서 문단에서 유명해진 1936년 25세 때였다.

1937년 영생고보에서 학내 분규가 발생해서. 아끼던 제자 고순덕이 퇴학을 당했다. 학교의 생활에 여유가 생기자 함경도 산간 오지를 방문하며 〈팔원〉이 포함된 '함주시초'를 썼다.

이듬해 1938년 3월에 발표한〈나와 나타샤와 흰 당나귀〉를 발표해 장안의 화제를 일으켰다. 이 시를 쓰기 전에 백석은 김자야에게 함께 만주로 가자고 했으나 그녀는 주저했다고 한다. 따라갈 생각이었으나 실행하지 못했다고 이후 김자야는 자신의 책에서 밝혔다. 그해 5월 5일 학교에서 만주

로 수학여행을 갔다. 이때 백석은 인솔교사로 갔다고 하니 함께 여행을 가자는 것인지, 살러 가자는 것인지 확실치는 않다.

김영한 씨는 일제시대에 별장으로 쓰였던 '청암장'을 1951년 인수하여 '대원각'이라는 고급 요정을 차렸다. 김영한 씨는 1990년대 중반 당시 시가 1,000억 원이 넘던 '대원각'을 법정스님이 주지로 있던 송광사에 시주해서 '대원각'은 지금의 '길상사'가 되었다. 그리고 그녀가 남기고 간 돈으로 백석 시인의 문학 정신을 기리는 '백석 문학상'이 만들어졌다.

김영한 씨의 법명이 길상화가 된 것이나, 이후 길상사 절 이름이 생긴 것은 어쩌면 백석이 동경에 있는 명문대 청산학원을 다닐 때 백석의 주소지가 '동경 길상사(吉祥寺) 1875번지'였기 때문일 것이라 추측된다.

이 시에 나오는 '나타샤'는 누구일까? 나타샤는 톨스토이의 장편소설 『전쟁과 평화』에 나오는 여주인공의 이름이다. 백석은 이 여주인공을 매우 좋아했나 보다. 김영환 씨는 자신이 이 시의 주인공 '나타샤'라고 밝히고 있다. 하지만 백석을 사랑했던 사람은 김영환 씨 뿐만 아니었다. 노천명 시인도 백석을 사랑했던 것으로 추측된다.

'모가지가 길어서 슬픈 짐승이여, 넌 언제나 점잖은 편 말이 없구나, 관이 향기로운 너는 무척 높은 족속이었나 보다'

노천명의 명시 〈사슴〉이란 이 시는 『사슴』 시집의 주인공 백석을 일컫는 것은 아닐까 하는 의심을 받고 있다. 당시 문단에서 여류작가 3인방으로 불리는 노천명, 모윤숙, 최정희와 많은 교류를 했고, 이들 3인방은 백석을 '사슴' 또는 '사슴군'이라고 불렀다고 한다. 특히 이상이라는 천재시인이 좋아했던 최정희는 〈나와 나타샤와 흰 당나귀〉 시와 함께 연서를 받았다고 하니 최정희 역시 또 다른 '나타샤'일지 모른다.

　이 시집 후반부에 실린 백석이 북한에서 발표한 시를 보면 마음이 아프다. 사회주의 건설에 동원되어야 했던 뛰어난 시인의 재주는 사라지고, 그저 그런 평범한 시만 보인다. 작가의 상상력을 제약하는 것이 결과적으로 얼마나 문학성을 떨어뜨리게 하는지 여실히 보여주고 있다. 백석 시집을 많은 곳에서 출판하지만 그런 이유에서인지 북한에서 발표한 시들은 누락시키는 경우가 많다. 아마 나처럼 마음이 아팠을 것이다. 전혀 백석답지 않은 시이기 때문이다. 하지만 그것도 우리가 분단으로 인한 상실이기에 이 시집에 담았다.

　하지만 어린이는 조국의 미래라고 하지 않았던가. 백석의 동시집 『집게네 네 형제』의 감동은 결코 작다고 할 수 없다. '시와사회' 출판사를 하던 때는 『집게네 네 형제』가 『나와 나타샤와 흰 당나귀』시집을 낸 이후 발견된 시집이라 따로 단행본 시집으로 냈다. 그러나 이번에는 북한에서 발표한 시를 함께 묶기로 결심했기에 모두 모아서 백석 시전집으로 만들었다.

백석만큼 한 시인이 쓴 작품 중에서 중요하게 다루어지는 작품이 많은 시인은 없다. 그만큼 백석은 우리 현대문학사에서 가장 빼어난 인물이다. 백석의 사진을 보면 그가 조선 최고의 '모던보이'였는지 알 수 있다. 누구보다 먼저 백석은 모더니즘을 받아들였다. 일본 유학 때부터 백석은 '가장 모던한 것'과 '가장 조선적인 것'을 어떻게 결합할 것인가를 고민했다. 일본 유학을 했던 다른 시인들이 일본어로 시를 발표했을 때, 일제의 탄압이 극심했던 1940년대에 많은 시인들이 일본어로 시를 쓰고, 일제에 부역했을 때조차 백석은 단 한편도 일본어로 된 시를 발표하지 않았다. 백석은 스스로 모더니스트가 되었지만, 그 누구보다 우리 민족의 언어를 살리고 지키고 빛나게 하는 시인이 되었다. 그리하여 마침내 분단의 긴 세월을 이겨내고 우리 민족이 낳은 최고의 시인으로 평가받게 되었다.

葱

則武三雄

葱を垂げていた白石

白と云う姓で, 石と云うは名の詩人

僕も五十三歳になって 葱を垂げてみた

優った詩人の白石. 無名の私

はるかに 二十年の歳月が 流れている.

友, 白石よ, 生きていますか.

生きてなさいね.

白と云う姓 石は名の朝鮮の詩人.

▲ 백석의 천재성을 일찍부터 알아본 일본 시인 노리다케 가스오

파

노리다께 가스오

파를 드리운 백석.

백이라는 성에, 석이라고 불리는 이름의 시인.

나도 쉰세살이 되어서 파를 드리워 보았네.

뛰어난 시인 백석. 무명의 나.

벌써 스므 해라는 세월이 흘렀구나.

벗, 백석이여, 살아 계신가요.

살아 계십시오.

백(白)이라는 성과 석(石)이라는 이름의 조선의 시인.

파 : 일본시인 노리다께 가스오가 문우인 백석을 추억하며 쓴 시.

▣ 백석 연보 ▣

1912년 1세.

백석은 7월 1일 평안북도 정주군 갈산면 익성동 1013호에서 부친인 수원(水原) 백씨(白氏) 시박(時璞)과 모친 단양(丹陽) 이씨(李氏) 봉우(鳳宇) 사이의 장남으로 태어나다. 본명은 기행(夔行). 부친은 개화한 인물로 당시 국내에서 몇 안 되는 사진기술을 가지고 있었다. 시골 오산마을에서 쓰던 이름은 백용삼(白龍三)이었고 일반적으로 쓰던 이름은 백영옥(白榮鈺)이었다. 모친은 서울에서 시집을 온 단양군수를 역임했던 이양실(李陽實)의 딸로 알려졌다. 백석이 태어난 마을은 여우난골로 불리었다.

1918년 7세.

오산소학교 입학. 남동생 협행(協行) 태어남

1921년 10세.

남동생 상행(祥行) 태어남

1924년 13세.

오산소학교를 졸업하고 오산고보(五山高普 : 지금의 중고등학교 과정)에 제 2회 (오산학교 통산 제 18회)로 입학.

오산고보 시절은 백석은 문학과 영어에 남다른 소질을 보였다고 함.

1925년 14세.
여동생 현숙(賢淑) 태어남

1929년 18세.
오산고보를 3월에 졸업함. 그러나 집안사정으로 대학에 진학을 하지 못하고 고향에서 습작생활을 함.

1930년 19세.
1월에 발표한 조선일보 신춘문예에 단편소설 「그 모(母) 와 아들」로 당선. 3월에는 계초 방응모의 장학금으로 동경의 명문대학인 청산학원(青山學院)에 입학.

1931년 20세.
5월 15일 청산학원에서 학교 교회인 청산학원교회에서 세례를 받음. 대학 시절에는 학교의 선교사들하고 많은 교류를 가짐. 특히 영문과의 헥게르만 교수는 백석을 '마이 보이'로 칭하며 친자식보다 더 아껴주었음.

1933년 22세.

5월. 3학년 당시의 백석의 거주지는 동경 길상사(吉祥寺) 1875번지였다. 백석은 이곳에서 하숙을 한 것으로 추정 됨.

1934년 23세.

3월 청산학원 영어사범과를 우등으로 졸업. 그러나 졸업생들의 증언에 따르면 실질적인 수석 졸업은 백석이었다고 함. 4월 조선일보에 입사. 교정부에서 근무함. 이때부터 본격적인 작품을 준비함. 백석의 초기 대표작인 「여승」은 1934년에 만든 작품. 신문사 일로 번역도 틈틈이 하였으며, 당시 기자로 있던 신현중과 잘 어울렸다.

1935년 24세.

6월의 어느 날, 친구 허준의 결혼식 피로연에서 평생 구원의 여인으로 남을 '란(蘭)'이라는 여인을 만나게 된다. 당시 이화고의 학생이었던 통영 출신의 란은 백석의 마음을 온통 휘어잡는다.

1936년 25세.

1월 시집 『사슴』을 발표하여 문단에 큰 충격을 줌. 이후 조선일보를 그만두고 함흥 영생고보 영어교사로 부임하여 많은 제자를 가르쳤다. 부임 초기부터 최선을 다해 학생들을 가르치는 백석의 모습에 많은 사람들이 감동을 하였다. 가을에는 선생들의 회식 술자리에서 만난 '자야(子夜)'라는 기생과 가까워졌다. 백석은 얼마 동안 그 기생과 동거를 했다고 한다.

1937년 26세.

영생고보에서 학내 분규 발생. 아끼던 제자 고순덕이 퇴학 당함. 학교의 생활에 여유가 생기자 함경도 산간 오지를 방문하며 시작활동을 함. 그 결과 유명한 '함주시초'로 본격적인 시작활동을 시작함.

1938년 27세.

3월에 발표한 「나와 나타샤와 흰 당나귀」는 장안의 화제를 몰고 왔음. 5월 5일 학교에서 만주로 수학여행을 갔다. 이때 백석은 인솔교사로 갔다 왔다. 9월 5일 백철의 결혼식에 우인 대표로 참석. 12월 교사 사임. 부모와 함께 사는 백석의 당시 주소는 경성부 외서독도리 656번지였다.

1939년 28세.

1월 26일 조선일보에 재입사. 백석의 부친 백영옥은 비슷한 시기에 신문사를 그만둠. 백석은 최선을 다하여 월간 『여성』의 편집을 보았다. 백석은 오랜만에 만난 신현중에 이끌려 함께 '란'이 있는 그의 집에 갔다. 10월 21일에는 조선일보를 다시 사임. 그리고는 고향근처의 평안북도를 여행하였다. 백석은 친구 허준과 정현웅에게 "만주라는 넓은 벌판에 가 시 백 편을 가지고 오리라."는 다짐을 하고 만주로 향했다. 그러나 그것은 문학적인 이유였고, 실제로는 일제의 압제를 벗어나기 위해 보다 자유로운 만주로 떠난 것이다.

1940년 29세.

1월 경, 만주 신경(新京)에 도착하여 집을 얻는라고 고생을 하였다. 당시의 주소는 '신경시 동삼마로(東三馬路) 시영주택 35번지 황씨방(黃氏方)'이었다. 3월부터는 친구들의 도움으로 만주국 경제부에서 근무를 하였으나 백석은 집 문제로 고민을 하였다. 당시 황씨 집은 친구인 이형주(李荊珠)와 함께 방 하나를 썼는데 가히 토굴같은 집이었다. 백석은 이 집에서 벗어나려고 신경 근교의 러시아인들이 사는 집을 얻기 위해 주말이면 집을 구하러 나가기도 하였다. 백석은 북만주의 산간 오지를 방문하여 원시 부족인 오로촌과 솔론들과의 교류를 맺었다. 40년도에 들어와서 백석은 명실공히 한국 최고의 시인으로 자리를 굳건히 한다. 시적 반경도 지리적으로 정신적으로 대단히 깊고 넓어졌다.

1941년 30세.

일본인들의 횡포에 못이겨 경제부를 그만둔 뒤 만주에서 농사를 지음. 그러면서도 당시 하르빈에 있던 동물사냥 작가인 '바이꼬프' 라는 작가의 작품을 번역하였다.

1942년 31세.

안동세관에서 세무공무원 생활을 함. 백석은 이때 결혼을 하여 살고 있었음. 이때 친구 노리다께 가스오는 안동에 있는 백석을 방문하였다. 백석은 이때 그에게 "신의주와 안동에서 우리 서로 바라보며 살자"며 다짐을 하였다. 노리다께 가스오는 백석이 부엌에서 파를 들고 우두커니 서있는 모습을 자신에게 보여주었다고 함.

1945년 34세.

고당 조만식 선생 통역 비서로 일하며 틈틈이 번역을 하였음. 북한의 어느 문학단체에도 가입하지 않음.

1946년 35세.

평양의 부벽루 근처의 집에서 거주. 백석은 고려호텔에 연금되어 있는 고당 조만식 선생의 일을 적극적으로 도왔으며, 최명익과 함께 해방 후 우익문인으로 활동하다가 상당한 곤란을 겪었다. 그 결과 북한의 문인 인명록에서도 빠

지게 됨 . 이 후 수십 권에 해당하는 러시아 작품을 번역. 창
작은 집필금지 당할 정도로 철저히 북한 문단에서 소외되었
음.

1951년 40세.
전쟁을 피해 연변에 체류.

1956년 45세.
백석은 월간『아동문학』지에 순수문학을 옹호하며 작품
을 발표. 그의 작품은 유치원 수준의 아이들을 대상으로 한
순수 서정 동화시였다. 또한 순수 서정 동화문학을 지키기
위하여「동화문학의 발전을 위하여」라는 글을 발표하여 일
본에까지 주목을 받음.

1957년 46세.
4월 그동안 발표했던 작품들을 모아 동화시집『집게네 네
형제』를 발표하였다. 표지 장정과 삽화는 절친했던 친구인
화가 정현웅이 맡았다. 정현웅은 백석의 프로필을 20여년
만에 다시 그려 표지에 실었다. 박세영은『조선문학』9월호
에서 백석의 시집을 격찬. 백석은 그후『문학신문』편집위
원으로 생계를 유지.

1963년 52세.

사망한 것으로 일본에 알려짐. 이 소식을 들은 일본의 문인 노리다께 가스오는 백석을 추모하는 시 「葱」를 발표함. 하지만 이때 백석은 사망하지 않음.

1995년 85세.

사망.

▣ 백석 작품 연보 ▣

발표연대	제목	발표지	비고
1935.8.30	정주성(定州城)	조선일보	
1935.11	늙은 갈대의 독백	조광(朝光 1권 1호)	
	산지(山地)		
	주막(酒幕)		
	비		
	나와 지렝이		
1935.12	여우난골족(族)	조광(1권 2호)	
	통영(統營)		
	흰밤		
1936.1	고야(古夜)	조광(2권 1호)	
	가즈랑집	시집『사슴』	『얼럭소새끼의 영각』에 수록
	여우난골족		
	고방		
	모닥불		
	고야(古夜)		
	오리 망아지 토끼		
	초동일(初冬日)		『돌덜구의 물』에 수록
	하답(夏畓)		
	주막		
	적경		
	미명계(未明界)		
	성외(城外)		
	추일산조(秋日山朝)		
	광원(曠原)		
	흰밤		
	청시(靑柿)		『노루』에 수록

발표연대	제 목	발 표 지	비 고
1936.1	산비	시집 『사슴』	『노루』에 수록
	쓸쓸한 길		
	자류(柘榴)		
	머루밤		
	여승(女僧)		
	수라(修羅)		
	비		
	노루		
	절간의 소 이야기		『국수당 넘어』에 수록
	통영(統營)		
	오금덩이이라는 곧		
	시기(柿崎)의 바다		
	정주성		
	창의문외(彰義門外)		
	정문촌(旌門村)		
	여우난골		
	삼방(三防)		
1936.1.23	통영(統營)2	조선일보	
1936.2	오리	조광(2권2호)	
1936.3	연자간	조광(2권3호)	
	황일(黃日)		
	탕약(湯藥)	시와소설(1호)	
	이두국주가도 (伊豆國湊街道)		
1936.3.5	창원도(昌原道)	조선일보	남행시초1
1936.3.6	통영(統營)		남행시초2
1936.3.7	고성가도(固城街道)		남행시초3
1936.3.8	삼천포(三千浦)		남행시초4
1937	이주하 이곳에 눕다	원산소재묘비	

발표연대	제목	발표지	비고
1937.10	북관(北關)	조광(3호 10호)	함주시초 (咸州詩抄)
	노루		
	고사(古寺)		
	선우사(膳友辭)		
	산곡(山谷)		
	바다	여성(2권 10호)	「가을의 표정」이라는 산문기획물에 발표 작품.
	단풍(丹楓)		
1938.1	추야일경(秋夜一景)	삼천리문학 (1호)	
1938.3	산숙(山宿)	조광(4권 3호)	산중음 (山中吟)
	향악(響樂)		
	야반(夜半)		
	백화(白樺)		
	나와 나타샤와 흰 당나귀	여성(3권 3호)	
1938.4	석양(夕陽)	삼천리문학 (2호)	
	고향(故鄕)		
	절망(絶望)		
	외가집	현대 조선 문학전집(1)	조선일보 출판부
	개		
	내가 생각하는 것은	여성(3권 4호)	
1938.5	내가 이렇게 외면하고	여성(3권 5호)	
1938.10	삼호(三湖)	조광(4권 10호)	물닭의 소리
	물계리(物界里)		
	대산동(大山洞)		
	남향(南鄕)		
	야우소회(夜雨小懷)		
	꼴두기		

발표연대	제목	발표지	비 고
1938.10	가무래기의 락(樂)	여성 (3권10호)	
	멧새소리		
1938	박각시 오는 저녁	조선문학 독본	조광사 발행
	고성가도		
1939.4	넘언집 범 같은 노큰마니	문장(文章) 3호	
1939.6	동뇨부(童尿賦)	문장 5호	
1939.9.13	안동(安東)	조선일보	
1939.10	함남도안(咸南道安)	문장 10호	
1939.11.8	구장로(球場路)	조선일보	시행시초1
1939.11.9	북신(北新)		서행시초2
1939.11.10	팔원(八院)		서행시초3
1939.11.11	월림장(月林場)		서행시초4
1940.2	목구(木具)	문장 14호	
1940.6	수박씨, 호박씨	인문평론 9호	
1940.7	북방(北方)에서	문장 18호	정현웅에게 주는 시
1940.11	허준(許俊)	문장 21호	
1941.1	'호박꽃 초롱' 서시	제자 강소천의 시집 『호박꽃초롱 서시』서문	
1941.4	귀농(歸農)	조광 7권 4호	종간호
	국수	문장 26호	
	흰 바람벽이 있어		
	촌에서 온 아이		
	조당(澡塘)에서	인문평론16호	
	두보나 이백같이		
1942.11	머리카락	매일신보	
1943	나 취했노라	압록강	
1947.11	산(山)	새한민보 1권 14호	허준(許俊) 이 갖고 있던 원고

발표연대	제목	발표지	비고
1947.12	적막강산	신천지 (11,12 합본 호)	허준(許俊)이 갖고 있던 원고
1948.5	마을은 맨천 구신이 돼서	신세대 3권 3호	
1948.10	칠월 백중	문장(속간호)	
1948.10	남신의주 유동 박시봉방	학풍(창간호)	
1956	까치와 물까치	아동문학 56년 1호	
	집게네 네 형제		
1957.4	집게네 네 형제	동화시집 『집게네 네 형제』	
	쫓기달래		
	오징어와 검복		
	개구리네 한솥밥		
	귀머거리 너구리		
	산골총각		
	어리석은 메기		
	가재미와 넙치		
	말똥구리		
	뱃꾼과 새 세마리		
	준치 가시		
	나무동무 일곱 동무		
1959.6	이른 봄	조선문학 142호	
	공무려인숙		
	갓나물		
	동식당		
	축복		
1959.9	하늘 아래 첫 종축기지에서	조선문학 145호	
	돈사의 불		
1960.3	눈	조선문학 151호	
	전별		
1961.12	탑이 서는 거리	조선문학 172호	
	손뼉을 침은		
	돌아 온 사람		

수록작품(가나다순)